AQUELLA EDAD INOLVIDABLE

colección andanzas

Libros de Ramiro Pinilla en Tusquets Editores

ANDANZAS

Verdes valles, colinas rojas
1. La tierra convulsa

Verdes valles, colinas rojas
2. Los cuerpos desnudos

Verdes valles, colinas rojas
3. Las cenizas del hierro

La higuera

Antonio B. el Ruso,
ciudadano de tercera

Sólo un muerto más

Las ciegas hormigas

Los cuentos

Aquella edad inolvidable

FÁBULA

Antonio B. el Ruso,
ciudadano de tercera

La higuera

MAXI

Verdes valles, colinas rojas
1. La tierra convulsa

Sólo un muerto más

RAMIRO PINILLA
AQUELLA EDAD INOLVIDABLE

1.ª edición: abril de 2012

Diseño de la colección: Guillemot-Navares
Reservados todos los derechos de esta edición para
Tusquets Editores, S.A. - Cesare Cantù, 8 - 08023 Barcelona
www.tusquetseditores.com
ISBN: 978-84-8383-402-2
Depósito legal: B. 7.254-2012
Fotocomposición: Moelmo, S.C.P.
Impresión: Limpergraf, S.L. - Mogoda, 29-31 - 08210 Barberà del Vallès
Encuadernación: Reinbook
Impreso en España

Aquella edad inolvidable

Aunque el autor pide perdón por algunas licencias, este relato parte de una inmarchitable realidad.

Los brumosos dedos de Souto Menaya tampoco acertaban a desplegar sobre su mesa el abanico de sobrecitos para engomarlos. Le venía ocurriendo en los últimos cuatro meses, desde que la editorial de cromos le entregó el nuevo paquete en septiembre y Souto creyó advertir en el empleado un aire volandero.

—Qué pasa —le preguntó.

—Nada.

El hombre añadió:

—Tráelos pronto, deben estar en la calle a una con la Liga.

—¿Qué tiene que ver la Liga con Blancanieves?

Al abrir en casa la caja de cartón Souto se quedó de piedra. Rematando una de las pilas de cromos estaba él mismo con la camiseta del Athletic: «Souto Menaya "Botas". Nacido en San Baskardo, Getxo, el 13 de octubre de 1921. Jugó en el Getxo y el Arenas. Pasó al Athletic de Bilbao en 1942. Metió el gol del triunfo en la Final de Copa contra el Madrid de 1943».

Con el cromo en la mano y afrontándolo con los ojos Souto pensó entonces que a su naufragio le añadían de propina una mueca de negro humor. «Es como tener delante la cara de un tonto. En su día pondrán el monigote en mi tumba.»

Había sido en una mañana de septiembre fría y lluviosa que no ayudaba a soportar el presente. Cuatro meses antes, en mayo, se inició en su nuevo trabajo de ensobrar cromitos inocentes contando la historia de Blancanieves. Su época dorada en el Athletic había sido segada por un defensa criminal que hizo puré su rodilla. Cojo y con muleta, hubo de olvidarse de su anterior oficio de albañil y buscar un trabajo sentado a su medida. Casi a punto de casarse, rompió abruptamente con su novia para salvarla de un destino doloroso. Por entonces lo visitó un joven periodista del periódico deportivo *Marca* de Madrid ofreciéndole un pacto: le facilitarían la hipoteca para un piso en Getxo y un sueldo mensual de 400 pesetas en la CAMPSA con la función de vigilar, sentado, un único manómetro, a cambio de confesar públicamente que su gol en la final lo metió con la mano; el periodista insistió en lo de sentado. Una oferta que podría recomponer su vida. La verdad es que para Souto siempre fue muy confuso cómo metió ese gol, si con la mano o con la cabeza. O nunca se atrevió a pensarlo.

Había nacido en una pequeña casa de planta y sótano junto al paso a nivel del ferrocarril. El pueblo la llamaba «la casa de las barreras». A Souto Menaya no le inquietaría tanto su situación si no fuera por sus padres, a los que no podía arrojar de su infortunio como había decidido hacer con Irune, su novia, una chica de caserío. La anterior generación por parte de madre alquiló la casa en 1812, y en ella seguía la familia ciento treinta y siete años después. Cuando Souto miraba a su madre se olvidaba de su propio azote. Era una mujer reconstruida hacia dentro después de ver, en 1927, los trozos de su hijo pequeño a lo largo de uno de los carriles. Josín tenía tres años y en los últimos meses no había dejado de llorar por un trenecito de cuerda. Souto tenía entonces seis y aprendió a tener una madre diferente. En el primer aniversario de la tragedia, a la misma hora, la sorprendieron sentada en el mismo punto del carril con una inmensa paz en el rostro. La rescataron a tiempo.

—Hace todo como antes, pero callada —explicó Cecilio al médico.

—No dejen de hablarle y algún día contestará.

Padre e hijo se aburrieron de incitarla a coloquiar.

—No se morirá mientras nos tenga que hacer el café con leche —sentenció finalmente Cecilio.

El primero en Getxo en atribuir a «la casa de las barreras» poderes infernales fue Souto Menaya cuando su vida se torció. «Vinimos a vivir demasiado cerca de las vías.» Unos metros más de separación habrían acortado el correteo de su hermano persiguiendo la pelota. Rescató otra calamidad del pasado: a finales del XIX el trazado del ferrocarril Bilbao-Plentzia pasó por encima de la huerta de los Menaya y la redujo a un cuadrito de juguete. No fueron, pues, los Menaya quienes se acercaron a las vías, sino estas las que corrieron a su encuentro. No bastó para indultar a la casa. El posterior eclipse del ídolo futbolístico se tuvo por un golpe más del mal de ojo. Dos meses después, cuando los médicos cerraron la rodilla en falso y Souto aún no había deletreado su nueva situación, el Athletic Club le montó una despedida. El presidente se levantó a brindar por «El gran Souto, "Botas", el del golazo en la final contra el Madrid de 1943». Pronunció «contra el Madrid» en un tono guerrero muy del gusto general. En el largo discurso que concluyó con «el Athletic nunca te podrá pagar la gloria que le has entregado», a Souto le pareció que faltaba algo, sin acertar a precisar qué.

Al término de los abrazos y palmadas en la espalda del adiós, Souto cogió el tren que le dejaría en Getxo y allí recibió el aldabonazo. No había un asiento libre. Una anciana se levantó del suyo y le tocó el brazo.

—Siéntate, *coitao*.

Souto quedó confuso.

—No me ha visto bien, tengo medio siglo menos que usted.

Algunos viajeros le reconocieron, se sumaron a la anciana y hubo de sentarse. Cuando su confusión fue ahogada por el agradecimiento de su rodilla, a Souto se le escapó un vagido iluminado: «¡La hostia!».

—El Athletic es la hostia, ¿verdad? —exclamó uno y repicaron las risas en el vagón.

El padre abrió una ventana del piso al verle cruzar las vías con andares perplejos de cojo nuevo.

—¿Qué apaño te ha hecho el presidente? —le preguntó.

Solo al abrir la puerta de casa descubrió Souto el vacío que traía. No levantó la cabeza hacia su padre. Subió las escaleras interiores de madera apoyándose en la barandilla y la muleta, y aunque Cecilio ya le esperaba arriba con la puerta abierta, pasó ante él y se metió en su cuarto.

—Pues a ver qué comemos hasta nuestro entierro —gruñó el padre con desaliento.

A sus casi setenta años aún medía uno noventa. Souto había heredado de él el fuego del fútbol. Militó en el Getxo no menos de quince años, hasta que lo echaron por viejo. En su caso no se resintió su economía. Había jugado por afición sin cobrar un céntimo, sustentándose de la taberna familiar. Cuando el local fue destruido por un incendio Cecilio abrazó su otra pasión, la pesca. Adquirió un viejo bote por cuatro perras y todas las madrugadas se le veía zarpar del Puerto Viejo de Algorta y regresar a media mañana con julias, cabrachos, mojarras, sarrones y jibiones, que vendía en la playa a las pescateras. Cuando el reúma y la ciática lo paralizaron, en 1937, la carga familiar pasó a los dieciséis años de su hijo, reciente albañil. Souto tardaría en interiorizar las amplias responsabilidades del cemento.

Tras el homenaje de despedida Souto se puso a la difícil tarea de encontrar trabajo para un cojo. Respondía a los anuncios, le veían y allí acababa todo.

—El presidente, vete a ver al presidente —insistía Cecilio.

—¿No recuerdas lo que me dijo?

—Qué te dijo.

—Que el club nunca me podrá pagar. Así de claro.

Cecilio se desesperaba.

—Lo dijo en el otro sentido, en el bueno. ¡Lo dijo en el bueno!

La verdad es que Souto se había resignado a soportar este diálogo de por vida por no revelar que rechazó un talón de 750 pesetas que el presidente ya tenía firmado cuando lo llamó a su despacho. «Con la mano en el corazón te juro, Botas, que tu caso me preocupa mucho. Pero nuestro Athletic no es un hospital. Quiero hacer algo por ti pero no sé qué. ¿Dónde te meto? ¿Dónde quieren a un inválido como tú? Te debemos mucho, amigo, aún sueño con aquel golazo. Y, ¿sabes?, no fue solo el gol, sino el cabreo de los cojones que cogieron los de Madrid. ¡Toda su prensa aseguró que lo metiste con la mano! ¿Recuerdas? Les picó mucho a los muy putos.»

El presidente levantó el papelito hasta los ojos de Souto, algo debió de ver en ellos que le obligó a puntualizar: «Son 750 pesetas».

Souto giró y caminó hacia la puerta. El presidente no se atrevió más que a silbar tenuemente:

—No es una limosna, es el pago por obra realizada. Una copa. No es una limosna.

Souto ya tenía la mano en el picaporte y medio abierta la puerta. La voz del presidente sonó más vacilante:

—¿Lo metiste con la mano, Souto?

14

En noviembre de 1946 se cumplían dos años y un mes del final de su carrera futbolística. Souto tenía contados hasta los minutos. La huerta, que antaño les proporcionaba gran parte del alimento, ahora mostraba unos sembrados irrisorios. Souto sobreexplotaba la tierra con obsesión enfermiza. Sacaba las patatas a medio crecer para que las plantas no ensombrecieran los pimientos. Arrancaba las de los pimientos sin esperar la segunda flor. Despreciaba las calabazas por ocupar su follaje mucho espacio. Ajustaba la plantación de los puerros a las porrusaldas.

Vino a descubrir Souto que, a la hora de buscar trabajo, su fama no era ventaja sino estorbo. Carecía de estudios, solo las cuatro reglas raspadas aprendidas en la escuela de don Manuel. Su bagaje no era parco, músculos jóvenes, pero músculos cojos. Al cabo, el propio Souto estrechó sus posibilidades con una pregunta: ¿es que no hay un puesto sentado? Aquello descarnó el gran impedimento. Nadie se atrevía a enfrentar las críticas del pueblo por humillar al gran Botas encargándole abrir la puerta del retrete de los jefes. Por merecer tanto, el héroe se quedó sin nada.

Entonces se acordó de la playa, el prometedor arenal donde la mar descargaba tablones, zaborra de Altos Hornos, botellas de champán y otras maravillas que la gente de la ribera incluía en su abastecimiento.

Pero luego había que subirlo a casa, y Souto rechinó los dientes una vez más.

Souto se preguntaba por qué seguía aceptando la limosna de las tres medidas de leche que Irune Berroyarza vertía todas las mañanas en el puchero que Socorro bajaba a la puerta de casa, si rechazaba las de otras almas caritativas y se condenaba a oír sus pisadas y su voz bajo la ventana. Y cuando, sobre todo, ya había roto relaciones con ella en noviembre del 46. Cada mañana oía los cascos de la burra en la carretera, luego el choque de las suelas de Irune al saltar del animal, la llamada con la aldaba y los también mudos pasos de la madre bajando las escaleras. Souto oía abrir la puerta, el «buenos días, doña Socorro» y algún comentario de Irune sobre el tiempo y también el rumor del vertido de la blanca y vergonzante cascada de regalo. Porque se negaba a cobrar y seguramente las tres medidas las pagaba de su bolsillo al hacer las cuentas en Berroena. Souto se enternecía y la ruptura se le enconaba más.

Se había enterado tiempo atrás de que ella habitaba el mundo el día en que las nueve de la mañana lo sorprendieron en la cama porque era domingo. Le llegó del exterior una voz tan pulida como siempre imaginó en las sirenas de la playa. Era la época en que jugaba en el Arenas y trabajaba de albañil. Por un resquicio de la contraventana descubrió a una aldeanita rubia y de rostro blanco. Su pecho mozo se llenó de burbujas y desde ese instante la amaría hasta el fin de sus días.

Las semanas se le hacían eternas esperando los domingos. Durante meses no abandonó la sombra de la contraventana, llamándose cobarde por no atreverse a algo tan simple como adelantarse a la madre a coger el puchero y bajar a afrontar si su sueño no se desvanecía.

Souto entregaba a Socorro todos los sábados el sobrecito con los jornales de la semana, reservándose una pequeñez para gastos de su edad. Uno de esos domingos cuando ella entró en su cuarto el hijo se apartó precipitadamente de la contraventana solo para ver en sus manos el puchero y el importe de la leche y ver cómo se alejaba la espalda de Socorro. «No hay que hacerla esperar para que siga con su reparto.» Es lo único que acertó a pensar Souto. Se metió en los pantalones, echó una camisa sobre los hombros y las piernas le llevaron. Se precipitó escaleras abajo sin ningún deseo de llegar. «Igual no está, y si está es peor porque estas cosas no se hacen así.» Abrió la puerta y ella no mostró el menor asombro. Mientras inclinaba la cacharra para llenar la medida y volcarla en el puchero, le dijo:

—Vaya pinta, no es modo de recibir a las visitas.

—Tú no eres una visita —oyó Souto sin reconocer su voz.

Y así empezaron. Souto llevaba muchos años sin

cumplir con la misa de los domingos, desde que Socorro enterró en casa su silencio y dejó de arrastrar a sus dos hijos de la mano a San Baskardo. Pero ahora empezó a ir con la novia. Cecilio, que tiraba a socialista, no sabía qué pensar. Hasta los seis años discutía con su mujer denunciando la molienda a que sometía a las criaturas. «Que ellos elijan cuando les entre el seso.» Socorro replicaba que él hacía lo mismo con Souto llevándolo a ver al Athletic los domingos a Bilbao. «No es lo mismo», esgrimía él como gran argumento. El infortunio de su mujer llevó la paz al hogar.

Cecilio Menaya era hincha de su hijo, no faltaba a los partidos, del Getxo primero y el Arenas después, en que jugaba el delantero centro Souto «Botas», a quien consideraba obra suya. «Ha seguido mis consejos, se ha hecho jugador con el estilo inglés en los cojones», pregonaba en La Venta con su cuadrilla de txikiteros.

—Qué estilo inglés ni hostias, tu hijo metería goles en un acuario —le replicaban.

Cecilio sacaba lo del estilo inglés para no enturbiar con palabras algo más profundo. «¿Estás contento?», preguntaba al niño que llevaba de la mano si el Athletic había metido más goles que el rival. Y el pequeño Souto levantaba la cabeza y contestaba que sí, al principio para no contrariar al padre, pronto con sólido ardor. Cuando el equipo perdía, salían mustios de San Mamés. «¿Sabes lo que en mis tiempos me preguntaba cuando nos sacudían? Me preguntaba: ¿y ahora qué me queda? ¿Y sabes lo que me quedaba? ¡El

Athletic, Souto, el Athletic por encima de todo y yo no lo sabía! Aunque Lafuente, Bata, Chirri o Gorostiza no metieran los goles que hacían falta, había por delante más domingos, ¡muchos domingos!»

Tras arengas de esta índole, a Cecilio le quedaba el mal sabor de su incapacidad para transmitir su devoción. Tuvo una prueba de ello al preguntar al hijo, ya de nueve años, tras un descalabro dominguero:

—¿Te estás haciendo la pregunta «qué me queda ahora», hijo mío, como me la hacía yo?

—Sí, bueno, no sé... Creo que sí, pero... Fue una pena que Unamuno fallara ese gol de cabeza.

Cecilio creyó leer claro en esa respuesta. «El chico siente los colores pero aún está verde.» Vivió todo un año eligiendo ideas, palabras, frases y tonos capaces de extraer su yo profundo y tocar el del hijo de diez años. Un lunes lo sentó en casa frente a él después de haber leído a Souto tres veces la crónica periodística del partido de la víspera que se sabían de memoria, y le dijo:

—En este mundo hay que tener algo grande por encima de nuestras cabezas. Unos tienen a Dios y otros al Athletic. Otros tienen a los dos, y nunca lo he entendido. Hijo, ¿en quién piensas por las noches en la cama? ¿Como quién te gustaría ser? ¿Te gustaría que te vieran Blasco, Iraragorri o Muguerza cuando ayudas a ama y que no te vieran si te quejas de las vainas con hilos? Piénsalo, hijo. Nunca te avergüences de buscar lo que tienes en la cabeza, si por casualidad tienes algo grande y no lo sabes.

Miró a Souto, que miraba al suelo con aire aburrido. Suspiró y se levantó. Se sintió ridículo, pues acababa de descubrir la futilidad de las palabras. No recordaba cuándo besó por última vez a su hijo, pero le estampó un beso en lo alto de la cabeza, suspirando:

—Dentro de quince días juega aquí el Barcelona. Ya veremos qué alienación saca ese Pentland, y si podemos cantar el alirón... ¿Sabes de dónde viene el alirón? Lo inventaron los mineros. Cuando sacaban una buena veta, el ingeniero escribía encima con tiza *All Iron*, que en inglés significa «todo hierro». Los mineros saltaban porque cobraban jornal extra y el alirón corría por la mina. Así pasó al «alirón, alirón, el Athletic campeón». Mira lo que dieron a la Catedral aquellos mineros explotados.

Cecilio Menaya nunca llegaría a sospechar que la única y tierna emoción que cumplió sus deseos se redujo al imborrable recuerdo de Souto de aquella fuerte mano caliente apretando la suya y dirigiéndole los domingos hacia el Olimpo de los nuevos dioses.

Al hondo amor de Souto por los colores del Athletic colaboró una música de combate:

Al Athletic como era vasco
todos le tenían asco.
Ahora que es campeón
todos le piden perdón.

Desde 1902 era habitual ver el nombre del Athletic fundido con el de campeón. La banda tocaba la música y las gargantas cantaban esta letra dirigida contra alguien, el enemigo, siempre radicado en Madrid, la fórmula más recomendable para alzar lo propio. También el infante Souto asumía este victimismo, en su caso sin ganga política, solo trasladando el rival de turno en el campo a la canción. Simple trágala. Puro enfrentamiento tribal. Cecilio se lo aclaró limpiamente: «Sabino Arana nunca habría jugado en el Athletic. ¿Sabes por qué? Pues porque lo fundaron ingleses, maketos».

En agosto de 1942, una tarde soleada, el peón de la obra llamó a Souto desde abajo blandiendo un sobre.

—Esa carta no es para mí, tengo novia en este pueblo y desde aquí arriba casi la veo peinarse —rió Souto desde el andamio y los otros albañiles rieron con él. Le gustaba ver el mundo desde las alturas, enladrillar el levante de una casa alternándolo con reojadas al paisaje. Si la obra estaba en la zona de Azkorri alcanzaba a ver el caserío Berroena de Irune.

—Te dejo la carta debajo de esta piedra —dijo el peón.

—Llévatela, será para otro, a mí solo me escriben los karramarros.

—Pone tu nombre.

—¡Si no sabes leer!

—Me lo ha dicho el cartero. —El peón tenía sesenta años y era cierto que no sabía leer—. También me ha dicho que viene del Athletic.

Al mensajero le habría colmado advertir el cataclismo que recorrió a Souto de arriba abajo. Los demás tampoco se dieron cuenta. Sí que le vieron descender de tabla en tabla hasta el suelo, tomar la carta y permanecer con ella ante los ojos sin atreverse a abrirla. Los de la obra se paralizaron. Souto recorrió los rostros expectantes y rompió una punta del sobre. No solo no cabía su dedo sino que el sobre quedó pringado de cemento. Souto restregó la mano contra su camisa blanca y pringada y sacó el papel azul. Primero leyó para sí y luego para los de la obra. Lo citaban para el sábado a las siete y media.

—Ya no te veremos más que los domingos en San Mamés —le llegó desde la obra.

—Es solo para hablar —tosió Souto.

Se cambió de ropa y se lavó cara y manos en el delgado chorro de la manguera y corrió donde Irune. Aún había luz y la descubrió sacando patatas con su madre. La llamó desde lejos con un silbido. Era la primera vez que lo hacía. Ella echó a andar después de un encogimiento de hombros ante su madre.

—Me llama el Athletic —le anunció soplando contra la carta.

Irune tardó en hablar, oteando un futuro incierto.

—Ahora te pondrán bocabajo y te caerán millones de los bolsillos y adiós a la lecherita —recitó con una sonrisa tan triste que a Souto le conmovió.

La abrazó y estrechó contra sí con violencia, sin pensar en el delicioso cuerpo que abrazaba y con el que soñaba todas las noches sin faltar ni una y que aún no había catado. En la huerta, la madre esgrimió la azada y a punto estuvo de correr hacia ellos, pero vio que era un abrazo semejante al primero e inolvidable que ella recibiera en su tiempo y se limitó a envidiar a su hija.

Cuando por la noche Souto se sentó frente a su padre en la mesa de la cocina para cenar, no se atrevió a decírselo. Mientras se llevaba a la boca las cucharadas de patatas en salsa verde estudiaba el rostro de aquel hombre que pareció resucitar cuando su hijo pasó de jugar partidos en la playa a hacerlo en un campo de reglamento como el del Club Getxo. Ese día, Cecilio no supo cómo felicitar al hijo que ya se había convertido en un hombre de catorce años y concentró su alegría y su esperanza en un encogido «Bueno, bueno, bueno...» que enfrió a Souto. Cinco años después le llamaron del Arenas F.C. Y entonces Cecilio ya fue un poco más explícito: «¡La hostia, esto ya no lo para ni Franco!». Se vio a sí mismo tan inflamado que necesitó varios minutos para dar a su hijo la imagen de cordura que se espera de un padre: «Tú, tranquilo, chaval, que lo que ha de venir, si le sale de los cojones al que sea, vendrá. Tranquilo, ¿eh?». De modo que ahora, a las puertas del Athletic, Souto eligió silenciar la gran noticia por si todo quedaba en agua de borrajas. No fue la verdadera razón. Lo cierto es que no se atrevió. Contempló a su padre sentado en un ángulo de la cocina cortándose en religioso silencio las uñas de los pies con las tijeras de la costura de la madre y un periódico en el suelo, y decidió no romperle la noche.

Al día siguiente por la tarde un hombre rechoncho y con chaqueta se detuvo bajo el andamio de Souto y le hizo señas para que bajara. Era el presidente del Arenas F.C. Souto se descolgó con un punto de alarma.

—Yo también he recibido una carta de ellos. Enhorabuena, chico. Estaba seguro de que darías el salto. Pero son unos cabrones. Es muy cómodo darse una vuelta por el mercado y llevarse lo mejor.

Souto tragó saliva.

—¿Es que no debo dejaros?

—Tonterías. ¡Ellos siempre ganan! El club pobre os forma y ellos se dedican a la cacea. Por no hablar del cariño que se os coge.

Souto se sintió un judas.

—¿Qué quieres que haga?

—Tú no puedes hacer nada, hijo, las cosas son así. Ahora solo queda sacarles una buena tajada. Nada te ata a nosotros, tu contrato acababa esta temporada. Y, si no, yo lo habría roto. Ahora, hijo, a sacar a la vaca toda la leche que puedas. ¿Cómo andas de cuentas? Me parece que de pelas estás en la Luna.

—No he pensado en esas cosas, solo me gusta jugar.

—Pues tienes que empezar a pensar, corderito, acabas de entrar en un mercado de tiburones y tú eres la sardina. En cuanto abras la puerta de su despacho oirás sonar las monedas.

A Souto no le disgustó la noticia, más bien le sonó a canto de sirena.

—Me hablarán de lo que sé, de meter goles.

—Pero convertidos en pesetas, tantos goles, tantas pesetas. Hace tres años, a Zarra le ficharon por cuatro mil pesetas y quinientas al mes.

—A pesar de que no había metido cuatro mil goles.

—No, y ese es el cambio en que debes andar fino.

Cuando el presidente del Arenas F.C. se despidió con aire taciturno, Souto sintió que lo abandonaba al destierro. Envió a la espalda en retirada: «Si todo marcha, pasaré a despedirme de la gente». La espalda no se inmutó, solo la mano se levantó para dejar en el aire un gesto desvaído. Souto volvió a sentirse un judas.

Era viernes. Trabajó media jornada, pues si bien la cita era a las siete y media de la tarde, regaló a sus nervios el relajo de unas horas. Le asustó ver en los tres platos del mediodía la inesperada fiesta de sendas chuletas con patatas fritas. Miró a su madre. ¿Cómo lo había sabido? «No lo sabe, le ha soplado un ángel. Parece muerta pero está más viva que cualquiera de nosotros. Es una bruja.» Souto sonrió, nunca se había sentido tan hijo de ella. Se puso en pie y le dio un asombrado beso en la frente. Entonces descubrió las dos bolitas líquidas estancadas en las comisuras de sus ojos. «La maldita pelota de su pequeño Josín.» Souto apartó su plato segundos antes de que ella se sentara a la mesa, esgrimiera los cubiertos y la emprendiera con su carne. Esperó una explicación de los ojos de su madre, donde seguían las dos bolitas. «Como no habla se ahorra las explicaciones. ¿Tampoco se las da a sí misma?»

—Come, hijo.

Solo era la voz del padre. Souto no había levantado la mirada de su chuleta. «Ama me estará mirando.» Al comprobar que era así, Souto tomó sus cubiertos y comieron los tres en silencio. A intervalos vigilaba a su madre con tierna admiración. Jamás sabría qué sonido en la casa resultó esclarecedor para ella. «Es superior a nosotros. Los mudos no se desgastan hablando.»

A esa hora las sombras se alargaban en las calles de Bilbao. De la capital Souto apenas conocía el trayecto dominguero de la estación de Deusto al campo de San Mamés y la peregrinación de fieles de las cercanías imbuidos de su misión sagrada. El puente sobre la ría bordeaba la Campa de los Ingleses, donde cuarenta años atrás marinos británicos desentumecían sus piernas contra un rocoso balón del balompié desconocido por los nativos. Y así empezó todo. Los peregrinos recibían sangre roja y blanca de estos orígenes.

Un guardia acompañó a Souto hasta la calle del

Athletic. «Primer piso», remató. Del andar elástico de Souto, de la solidez de sus hombros y de su expresión silvestre dedujo que era un nuevo producto de la cantera. «Suerte», le despidió. «Ya te veré en el periódico.» A Souto no le agradó saberse tan transparente. El timbre de la puerta tronó en su interior como un cañonazo. Le recibieron tres hombres en un saloncito severo. Los tres vestían camisa planchada, chaqueta y corbata. A Souto le impresionó la tersura blanca de la camisa del que los otros presentaron como presidente. Era un tipo regordete, de rostro atomatado y la verborrea propia de los vendedores de algo. A Souto le cayó simpático. Iba preparado para oír hablar de sopetón de dinero pero le preguntaron por la familia. Para no preocuparse de la acomodación de cuerpo, brazos y piernas, se refugió en la biografía de su tribu. Había un féretro vertical contra la pared rematado en una esfera de reloj y así supo que llevaba doce minutos sin callar. Lo único que pensó es que ellos ya sabían mucho de él y él nada de ellos.

—Me han dado cuerda —se excusó.

—Nos gusta saber de los nuevos chicos que vienen al club, a nuestra familia —dijo el presidente—. De nosotros ya sabéis demasiado por los periodistas.

Habían sentado a Souto en el centro de un largo sofá en el que se hundió. Pensó que el cerco era completo con el presidente en un butacón frente a él y los otros dos, que se presentaron como directivos, a un lado y otro en el sofá.

—Vosotros, los jugadores, sois los reyes del Athletic Club y nosotros somos los delfines —dijo el presidente—. Alguien tiene que meter goles en los despachos.

Souto estaba seguro de que había contado ese chiste mil veces. Nunca tuvo tan cerca dos sonrisas tan difusas como las de los directivos. Uno era alto, calvo reluciente y sus manos sabían cómo estar. El otro tenía cuello de toro, pelo alborotado y una placidez de buenas digestiones.

—Tienes planta de delantero centro y te seguimos desde hace años, a nuestros ojeadores se les cae la baba hablándonos de ti. Serías el reserva de Zarra. ¿Qué te parece? ¡De Zarra! Esperamos tu buena evolución, que pises San Mamés como pisas Fadura. No te rías —Souto no se había reído—. A este —y señaló al calvo— le basta con ver a uno nuevo bajar las escaleras de nuestra tribuna para saber si es o no jugador. Como sabes, la tribuna de San Mamés es de madera y también son de madera las escaleras que llevan de los vestuarios al campo. Pues bien: este ve bajar a un chico con sus botas de tacos pisando esos peldaños y sabe si tiene pasta de jugador o no. Nunca se equivoca. —Soltó una carcajada—. ¡Y a ti te espera la misma prueba!

—¿Bajan con balón? —preguntó Souto.

—¡Quiá, sin balón! Es un genio.

No era la primera vez que Souto escuchaba aquella bilbainada. Lamentó no haber trabajado siempre con botas de tacos en su andamio de madera. ¿A qué clase de prueba oculta le estarían sometiendo en aquel momento? «Por muy presidente y directivos que sean no entienden ni chota de fútbol. El fútbol solo es el jodido balón.» Y entonces se disipó la niebla y los vio limpios de lustres. «Son figurones, tipos con pasta y empresas. En esos puestos no caben los pobres. El Athletic es grande y mandar en el Athletic abre puertas y los negocios engordan. Esto no se lo oí a mi padre, sino a los de La Venta.»

—Aún estamos reponiéndonos de la sangría de la guerra —dijo el presidente con un suspiro—. ¡Aquellos Iraragorri, Ahedo...! —cortó para mirar a Souto y enviar una mueca cómplice a sus dos compañeros.

Souto se vio acosado por seis ojos expectantes. «Es una de sus pruebas sin balón.» Le invadió el soniquete de los reyes godos de la escuela:

—Blasco, Eguskiza, Areso, Cilaurren, Muguerza, Roberto, Zubieta, Pablito, Gorostiza... Dos meses antes de caer nuestra tierra bajo Franco marcharon a jugar a París con la selección de Euskadi y recaudar fondos para el Gobierno vasco.

—Eso es bien sabido, Souto —dijo el presidente—. Y no fueron solos —y los tres quedaron a la espera.

Souto se conocía muy bien aquella lección, y esta vez del texto de su padre:

—Sí, en ese grupo iban otros vascos que jugaban en otros equipos: Emilín, Larrínaga, Urkiola, Lángara, los hermanos Regueiro, Pedro y Luis... No pudieron regresar, Franco les esperaba con el dedo en el gatillo. Marcharon a Sudamérica a seguir jugando al fútbol en distintos equipos.

Ante aquel tribunal examinador tan complacido Souto se sintió formando con él un solo cuerpo. Las palabras del presidente le cementaron más:

—¿Crees en nuestra familia, Botas? Es lo importante. Nuestra gran familia athlética.

«A lo mejor es que incluso las cosas buenas tienen que ser así de complicadas», se dijo Souto. En el aire del despacho navegaban nubes oscuras de los puros que consumían el presidente y el de pelo borrascoso. La mirada de Souto se perdió en los tenues dedos del calvo abriendo con pereza una pitillera de plata y llevándose a los labios un largo cigarrillo esmerilado. Souto recordó haber visto algo semejante en cierta película rusa. Lo encendió con un mechero silencioso.

—Bueno, y tendremos que hablar de metal, ¿eh, muchacho? —dijo el presidente entre dos toses.

—No somos patronos, el dinero no es nuestro sino del club, de los socios —silbó el calvo proyectando un humo blanquísimo contra el techo.

—¿Eres socio, Souto? —preguntó el despeinado.

—Sí —afirmó Souto.

—¡Pues entonces te pagarás a ti mismo! —exclamó el presidente con una carcajada.

Souto pensó que le estaba trabajando para contratarle barato. No le importó. ¡Si supieran que firmaría por nada! Era el viejo amor por aquellos colores que parecían denunciar su presencia allí para mercadear. Se puso en pie y paseó la estancia con las manos en los bolsillos simulando mirar las vitrinas con trofeos. «A mis diez años ignoraba que aquellos dioses que ganaban la

Liga y la Copa de 1930 y también las del 31, los Rousse, Urquizu, Bata, Careaga, Castellanos, Lafuente, Unamuno y demás cobraban por jugar. El padre nunca me habló de eso, ni siquiera me ha dicho ahora sácales lo que puedas.» Al regresar frente a los tres, que lo observaban en silencio, la voz brotó de su estómago:

—El que lleva el agua milagrosa a los jugadores caídos en el campo ¿ha cobrado siempre?

El presidente tardó unos segundos en salir de su sorpresa.

—Religiosamente —gruñó.

—¿Y los porteros de las puertas?

—Lo mismo.

El calvo emitió una tosecita antes de completar:

—Y el masajista, y el que riega demasiado el campo cuando viene el Madrid. ¿En qué imaginas que se gasta el dinero de cuotas y taquilla? La diferencia entre el club y otras empresas es que no se persiguen beneficios.

—Y la tajada del león se la llevan los jugadores —dijo el presidente.

—Nuestros beneficios son los títulos —exclamó el despeinado—. ¡La Copa del 33 contra el Madrid fue la hostia!

El calvo envió a Souto una lánguida indicación con la mano del cigarrillo.

—Ven, siéntate. —Y cuando Souto regresó al sofá—: ¿Desilusionado?

—No, porque ya no tengo diez años.

—Aquello se fue para siempre —añadió el calvo—. La época de hierro, los jugadores pagándose de su bolsillo los viajes y las botas y dejándose la piel en el campo. Muy épico, muy romántico, pero...

—Aunque hoy no les pagaran también jugarían y con los mismos huevos. El Athletic es distinto.

A esta bocanada de Souto respondió el calvo con una sonrisa ambigua.

—Dos apuntes, querido amigo: o culpas a esta directiva de corromper el fútbol por pagar a sus protagonistas o estás clamando a gritos meter goles gratis.

«Al padre le gustaría verme ahora por un agujero.» Este pensamiento reconcilió a Souto. «Si el Athletic cambia para ser el mismo de siempre, aquel crío de diez años también podrá cambiar sin que se le caigan los mocos.» Pero al mirar uno a uno a los tres hombres las gotas de su frente le dijeron lo difíciles que eran esas cosas.

—¿Fumas, Botas? —preguntó el presidente chupando un centímetro su puro y rumiándolo con voluptuosidad.

—No. Bueno, algún Celta cuando me lo encienden otros.

—No fumes. Cuida tus pulmones más que tus partes. El tabaco frena más carreras que un buen defensa. Algún día meteremos en nuestros contratos una cláusula prohibiendo fumar. Es otra peste que nos vino de fuera a los vascos... ¿Cómo te suena dos mil?

Trataba Souto de relacionar la pregunta con el tema del humo cuando oyó del despeinado:

—Habla de la ficha. Dinero. Dos mil. Las pesetas del Athletic valen el doble.

Rió su propio chiste con la incertidumbre de que podía ser verdad. Souto carraspeó sintiendo que la suma rebotaba en las paredes de su cabeza.

—¿Pesetas? ¿Dos mil?

Supo que lo había puesto en sonido cuando oyó al calvo:

—Sí, una cifra muy cabal considerando que todavía eres una incógnita.

—Y quinientas al mes. Y doscientas cincuenta por partido ganado. Y ciento veinticinco por empatado —prometió el presidente.

Souto era incapaz de valorar las cantidades. No sabía si quedarse sentado o levantarse, si aceptar o rechazar la oferta. ¿Había sido en realidad una oferta o un simple baile de dineros tan del gusto de estos tiempos?

—Piénsalo —dijo el calvo poniéndose en pie sin un rumor de la ropa.

—Sí, vete a casa a consultarlo con tus padres y con la almohada —dijo el presidente—. ¿Tienes novia? Será una guapa moza que también querrá opinar.

—Si no te vemos por aquí enseguida me corto el rabo —rió el despeinado con una seguridad que secó la garganta de Souto.

—¡Qué gran nombre para delantero centro: Souto Menaya! —exclamó el presidente retrasando su puesta en pie para ultimar el puro—. Y la historia se repite: nosotros pagamos ficha a tocateja pero no hay un maldito contrato que nos garantice ni un solo gol de Souto Menaya.

De las calles habían desaparecido las sombras alargadas, pero la última luz del día aún brillaba como en un amanecer. La indiferencia de los rostros con los que se cruzaba tranquilizó a Souto. «No debe pregonarse ni lo bueno ni lo malo. Lo que llevo dentro es bueno, de mí depende que sea mejor.» Alguien se interpuso en su marcha.

—¿Ya te han metido? —Era el guardia municipal. Su mano rozó primero el hombro de Souto, acariciándolo, y después le propinó golpecitos—. Soy el primero en felicitarte, ¿verdad, chico? No pongas esa cara. No llevabas paquetes ni cosa parecida, era una cita con ellos. Te han tenido una hora y siete minutos. Asunto gordo. Y sales andando tranquilo, como a los que les ha ido bien en la feria.

Souto se rindió.

—Sí, ya me han metido.

El guardia hizo un incierto saludo militar llevándose la mano a la gorra.

—No sé cómo te llamas, ya lo veré en *La Gaceta*. Ya te has hecho importante para nosotros. Con Franco a los vascos solo nos queda el fútbol.

Souto lamentó su comportamiento al ver alejarse aquella espalda.

—Me llamo Souto —le envió.

Una mano se alzó a lo lejos por encima de un

hombro. «Dijo que verá mi nombre en el periódico.» El incómodo pensamiento no le abandonó hasta ocupar un asiento en el ferrocarril rodeado de viajeros que no le veían. «Cómo van a verme en el periódico si aún no he firmado nada.» Aliviado por esta seguridad empezó a temer la amenaza de un padre esperándole en la ventana para luego bajar y darle el público abrazo de felicitación que sustituiría a cualquier periódico. Bajó en la anterior estación de Algorta a esperar la noche serenándose con la brisa de la costa. Las campanadas de las diez en la iglesia de San Baskardo le sorprendieron en la puerta de La Venta.

—Eúp, Souto —oyó en sordina.

En una semioscuridad había tres hombres sombríos. Souto dio un paso más y los reconoció.

—¿Qué hacéis aquí fuera? Vamos, pago una ronda.

A Souto le sonó a celebración. «Pero no tengo que celebrar nada. ¿O sí?»

—No entramos —dijo uno de los tres.

—¿Por qué? —preguntó Souto.

—Hay dos hijoputas de la político-social con las orejas muy abiertas.

—Es que acaban de fusilar en Larrínaga a Anselmo de la Torre, el padre de Evaristo —dijo otro.

—¡Hostias! —masculló Souto—. Sí, Evaristo. Jugó en el Getxo de extremo izquierda. La guerra le clavó a una silla de ruedas... Sí, Anselmo de la Torre, ya he trabajado para él en el andamio. Cuándo acabará esta mierda.

—Habría que entrar a matar a esos sin más leches —dijo el tercero.

Souto alargó el cuello para mirar a través del cristal de la puerta cerrada. Dos sujetos se acodaban en el gran mostrador, el resto del local era un desierto, algo insólito en un viernes por la noche. En el rostro del ventero se leía la desolación de los Ermo cuando se resentía su bolsa.

—Y ese otro hijoputa de Luke dándole a la lengua —dijo Souto.

Se despidieron con monosílabos. La noche resultó más calurosa que el día. Souto encontró a su padre sentado en una piedra de la carretera. Se levantó con algo en las manos y abrieron a la vez la puerta de casa.

—Ha sido como acertar en la lotería —dijo Cecilio subiéndole hasta los ojos una foto con marco. Las tres ventanas del piso estaban apagadas pero Souto no necesitaba luz para saber quién era el monigote. Cecilio raspó una cerilla y aplicó la llamita a la foto—. Era el número del premio —certificó con un nudo en la garganta. Souto tuvo que mirar: allí estaba él en el día de su primera comunión vestido al completo de jugador del Athletic. No era la foto oficial, aunque sí la única. El uniforme de aldeanito que impuso el cura don Pedro Sarria solo sirvió para recibir la hostia. Para lo fundamental del día Cecilio llevó a su hijo al fotógrafo de Las Arenas con la camisola de rayas blancas y rojas y el pantalón negro en un paquete bajo el brazo.

Souto subió las escaleras detrás de un hombre que volvió muchas veces la cabeza. «Me gustaría contárselo otro día pero sé lo que le está costando tragarse sus preguntas.»

—¿Y ama? —preguntó Souto.

—Ahí la tienes, esperando.

Socorro se sentaba en su banqueta, pero no en su habitual rincón de la cocina sino que la había acercado a la mesa, aunque su mirada seguía flotando en el vacío. Cuando Cecilio arrastró la suya a la mesa Souto lamentó no haber hablado antes con Irune, o al menos tenerla allí en otra banqueta.

—Ya estuve —empezó.

Cecilio le comía con los ojos.

—¿Con ellos?

—Sí.

—¿Con cuántos?

—Tres, el presidente y dos más.

—¡El presidente! —exclamó Cecilio—. Gente seria, ¿eh? Cuando le llaman a uno no es para hablar del tiempo.

—No. Me quieren llevar.

Cecilio se levantó de golpe para dar dos vueltas a la cocina, recoger la foto de comunión de la repisa del armario donde la dejara, ponérsela a su mujer ante sus ojos e inclinarse para descargar un beso en la plancha de pelo gris. «Que no lo estropee ahora con la siguiente pregunta», pensó Souto.

No la hubo. Mientras Socorro le servía la cena como un autómata y cenaba ella, Souto no dudó de que su madre tampoco se lo habría preguntado. «Para ellos soy como el mocoso de seis años que el padre llevaba a San Mamés.» Durante breves momentos creyó haberse reintegrado al limbo de los coristas del

Athletic. «Pero nadie debe fiarse de unos padres que velan por el futuro de su hijo.»

Miró a su padre somnoliento y con una tonta sonrisa feliz en los labios y comprendió que era posible lo que acababa de ocurrir.

Al día siguiente, sábado, Souto estaba en el tajo a las siete en punto de la mañana. Sus compañeros de andamio quedaron desilusionados.

—No hubo arreglo, ¿verdad? No te preocupes, lo más sano es el ladrillo —le consolaron y Souto calló.

La noche anterior había llegado a una conclusión: «Lo que diga Irune». Hasta él mismo se avergonzó de jugar con tanta ventaja. Ella pasaba a diario frente a la obra hacia las nueve y cuarto con la burra y las cacharras. Souto la avistó a lo lejos en la carretera, pero esperó a que le rebasara para bajar del andamio.

—Me ofrecen un contrato. Lo malo es que me dan dinero por jugar en el Athletic. Dos mil pesetas. —A Souto se le desinfló la frase ante Irune, pero aún añadió en pleno vacío—: ¿Qué hago?

Aunque ella no tenía los pies en el suelo por estar sobre la burra, le respondió:

—Si no se te suben los humos, empezar a mirar casa.

Era exactamente lo que Souto necesitaba oír. Sus ojos se demoraron en las pantorrillas colgantes.

—Es pecado cobrar dos mil pesetas por jugar como los niños.

Irune sacó un montón de papelitos arrugados con las cuentas semanales de las clientas y lo blandió en el aire.

—Yo también jugaba de cría a comiditas con la leche y ahora no le haría ascos a otro juego de dos mil pesetas cada domingo de cobro.

—Las más felices serían las vacas —fue la jovial despedida de Souto.

A su regreso al andamio preguntó a sus compañeros si se apuntaban a una despedida de soltero.

El domingo era el gran día de las parejas de novios y Souto llevó a Irune al Gran Cinema porque a las siete de la tarde aún había mucha luz y tenía ganas de besarla. Vieron *Sombrero de copa* y a ella le gustó la persecución a que sometía Fred Astaire a Ginger Rogers, y a él, el tamborileo del claqué.

—Ese chico podría haber metido muchos goles de tacón —aseguró a Irune.

Fue un domingo tan esplendoroso que ambos lo recordarían siempre, en especial cuando las cosas se les torcieron. La hora inapelable del regreso a casa de las novias era las diez, pero aquella noche Irune regresó a las diez y media y no hubo sopapo ni siquiera sermón. Souto lo atribuiría a los aires de boda. Sin embargo, no se presentó a firmar con el Athletic hasta bien vencida la semana. Se trataba del viejo pudor. «Qué lío, pues si yo he aceptado y los míos aceptan no hay más que hablar.» Era justamente la palabra *aceptar,* que le sonaba a cambalache de feria. Envidió a su padre, que no había tenido que aceptar nada sino abrir los brazos para recibir lo bueno. Aquella semana ocurrió algo que le dio el empujón que no le hacía falta. El miércoles, tras dejar el trabajo a las seis y regresar a casa para plantar un cuadrito de lechugas, Cecilio le anunció en un susurro:

—Tienes visita gorda.

En el intacto comedorcito lo esperaban dos hombres acicalados que se presentaron como técnicos deportivos del Real Madrid. Souto tiró de la manga de su padre para que se quedara.

—¿Ha firmado usted?

—¿Llegamos a tiempo?

Dos expresiones heladas esperaron la respuesta.

—Llevamos tiempo siguiéndole a usted. Quizá se nos han adelantado.

—No, no he firmado —dijo Souto. Las dos expresiones se relajaron—. Pero a lo mejor he dado mi palabra.

Souto no había dado nada, aunque supo en ese momento que, primero, jugaría en el Athletic y, segundo, aceptaría cobrar.

Los dos técnicos del Real Madrid se revolvieron en sus sillas para atacar.

—Piénselo mejor, aún es tiempo. El Madrid es el

destino natural de los mejores jugadores de España. Nuestras fichas y sueldos son superiores a los demás. Podemos empezar a hablar de seis mil pesetas.

Cecilio se levantó de golpe con los ojos dilatados y salió a por café, pero los reflejos de Socorro eran inflexibles y el del café de esa hora no entraba en su rutina. La vio ante una ventana contemplando las vías del ferrocarril. Al regresar descubrió que nadie esperaba un café.

—¿Está seguro de rechazar nuestra buena oferta? —preguntaban los de Madrid—. ¿No lo quiere pensar? Podemos elevar la ficha.

La firme postura de Souto disolvió la reunión. Ya solos, Cecilio abrazó a su hijo.

—El Athletic pesa la hostia, ¿eh, hijo? Y ni siquiera a esos pobres les sacamos café —se lamentó sinceramente.

El gran problema de Souto era no saber cómo vivir la transición del andamio a jugador profesional. Ese problema no estaba en casa ni en sus compañeros de obra, ni siquiera en los asiduos a La Venta. Se trataba de él mismo, su temor a que la gente sospechara que su afortunada relación con un balón la utilizaba para medrar descaradamente. Se trataba, en realidad, de los rescoldos del pudor. Y habría de ser la propia gente la que le educara en el justo reparto de la sana envidia.

—No te duermas, no vayan a coger a otro —le acosó varias veces Cecilio aquella semana.

La imprevisible madre barrió las últimas telarañas

de Souto. El jueves por la noche depositó sobre su cama la camisa de los domingos, blanquísima y tersa como una tabla, y el hijo besó la frente callada.

Al salir de casa el viernes por la tarde con la camisa, pantalón de dril y la zamarra abierta, su padre exclamó con petulancia infantil: «*¡Dotore, eeelegante!*». Si le esperaban en la oficina del club, ni el presidente ni el directivo calvo lo manifestaron. Sin embargo, estaban listos el contrato y el talón de dos mil pesetas. Le invitaron a sentarse y Souto eligió el mismo punto del sofá.

—¿Algún anzuelo de los de siempre? —preguntó el presidente con recelo.

—¿Eh? Ah, no, no quiero arruinar al Athletic —se permitió bromear Souto.

—Lo decía por si tiraban a la baja temiendo un rendimiento inferior a dos mil pesetas.

El directivo acudió en ayuda de Souto:

—El muchacho viene con todas las de la ley y es él quien tendría que dudar de nosotros por haber quedado este año séptimos en la Liga y perdido la Copa con el Barcelona.

—La culpa es siempre de los jugadores —dijo Souto.

—¿Y si alguno de esos jugadores fue un error de fichaje? —exclamó el presidente—. Tú mismo puedes ser un error. Y muchos errores cuestan campeonatos.

—Si yo resulto un paquete la culpa sería de mi madre, que no me sacó mejor —dijo Souto.

—¡Pero nosotros te hemos elegido y traído al Athletic! ¿Ni para esta mierda sabemos? ¡Eh, tú, larga estacha y vámonos a tomar por el culo!

Souto se volvió a quien el presidente se había dirigido y lo vio al otro extremo del sofá, abriendo con despreocupación la plateada pitillera y eligiendo uno de aquellos largos canutos que contemplaba por segunda vez, y de nuevo llamó su atención la blanda nube de humo que sobrevoló la maniobra.

—Nuestro buen amigo viene a firmar —sus palabras eran también blandas—, quizá le espera su novia. Que traigan el documento.

El presidente atravesó la habitación refunfuñando, abrió una puerta, dio una orden y regresó con un secretario a su espalda. Souto recogió con asombro los muchos papeles que pusieron en sus manos.

—Tómate el tiempo que necesites para leerlos —dijo el calvo.

Souto acababa de decidir no leerlos.

—Firmaré sin más. Aunque no he traído pluma.

El calvo interrumpió sus chupadas al canuto y se incorporó con un ruido de muelles.

—Nunca dejará de impresionarme la inocencia del pueblo —suspiró.

El presidente se arrancó una pluma estilográfica del bolsillo interior de su chaqueta.

—Lee aunque solo sea las pesetas, el secretario te marcará en qué línea están —dijo.

Souto miró sin querer al secretario, que le indicaba con la cabeza que leyera. Cogió la pluma de manos del presidente y el secretario le acercó una mesita después de retirar el florero de su mármol. Souto caligrafió meticulosamente cuatro firmas según las viejas enseñanzas de don Manuel, el maestro. Luego se puso en pie con el descargo de quien ha cumplido una proeza. El presidente se apoderó de su mano para estrechársela con ardor.

—¡Botas, ya eres de la cuadra del Athletic!

—No me lo acabo de creer —pronunció Souto sin proponérselo.

Sorprendió tres sonrisas a su alrededor.

—Y el lunes a romper balones en la Catedral, pues justamente empezamos los entrenos de pretemporada. Manda a paseo tu andamio y ponte a las órdenes de Urquizu. Os trata duro pero no usa látigo.

Sorprendió igualmente el gesto que el presidente dirigió al secretario. Un papel rectangular de tono azulado se meció ante los ojos de Souto. Lo cogió con la punta de los dedos y no tuvo que cambiarlo de posición para localizar el número 2000. Era la primera vez que veía un talón, que le pagaban así un trabajo, y además antes de poner el primer ladrillo.

—No lo mires tanto. Mételo en el fondo del bolsillo —dijo el presidente— y lo ingresas en un banco, a poder ser en uno vasco, que son los seguros.

Souto dobló el papel en dos y lo hundió en el bolsillo de su camisa. El secretario estrechó su mano, le deseó suerte y desapareció en su oficina.

—Como ya perteneces a la familia athlética, el mes que viene subirás con nosotros a la basílica de Begoña a pedir a nuestra Amatxo los mayores éxitos para el equipo.

Souto agradeció el cambio de aires. Se levantó y puso empeño en incorporarse a la confianza que recibía.

—¿Y cómo se porta la Virgen? —preguntó.

—Hay de todo —sonrió el calvo—. Unas veces mete goles y otras no.

—Lo digo porque hay muchas vírgenes, cada equipo del campeonato tiene la suya y todos le rezan. El padre dice que todas esas vírgenes jugarán también su campeonato en el cielo para saber cuál de ellas da una Copa a los de abajo.

—Así que... el padre —repitió el calvo, más despierto, más interesado—. El padre irreverente.

—¿Va a misa ese hombre, aunque solo sea los domingos? —preguntó el presidente—. Yo me responderé: no, padre. Tenemos entre los vascos a gente así, y es terrible. Gracias a que en esa casa habrá una madre como Dios manda. ¿Vas tú a misa?

Souto cerró los puños.

—El padre es un buen hombre y yo he metido goles en el Getxo y en el Arenas sin ir a misa.

—Y el niño lo dice con cara de palo.

—No hay que mezclar una cosa con otra —gruñó Souto.

—¡Sí que hay que mezclar, porque los vascos somos de una forma y no de dos! —exclamó el presidente—. Dios, la Virgen María, Jesucristo y el Papa son parte nuestra, son la tradición, y el pueblo vasco si es algo es tradición.

—El Athletic de Bilbao es vasco y el padre y los dos somos del Athletic de Bilbao porque somos vascos, si fuéramos de Murcia no seríamos del Athletic de Bilbao.

El presidente pisaba el parquet del piso como si quemara.

—El Athletic y el nacionalismo vasco son la misma cosa. ¡Nunca jugarán maketos en el Athletic! A Franco le gustaría meterlos para cambiarnos, pero incluso en este tiempo de sangre en el Athletic siempre mandaremos los nacionalistas. —Aparentemente calmado de pronto, el presidente se fue a Souto y su dedo encañonó su pecho—. Y tú acabarás comulgando ante la Amatxo de Begoña.

Dio la vuelta y se metió en la oficina mascullando.

—No te lleves una mala impresión de él —dijo el calvo.

—No me ha dicho nada que yo no sepa —dijo Souto—, todo el mundo sabe que el Athletic está bien amarrado por el PNV.

—Somos la única sociedad de masas autorizada por «Patxi». Aunque la directiva está bien vigilada por el régimen, el Athletic es hoy la única expresión libre de nuestro pueblo. La celebración de nuestros éxitos deportivos es el clamor de todo demócrata por la libertad. Es lo que te quería decir el presidente: que el Athletic es la única expresión, la única que tenemos para combatir a Franco.

Se había echado la noche cuando Souto llegó a casa. Cecilio le abrió la puerta por haber oído sus pasos en la escalera. Souto dudó entre mostrar juntos el talón y el contrato o por separado. Eligió por separado, empezando por el contrato a fin de no rebajar el momento. Cecilio buscó a Socorro blandiendo los papeles. «¡Mujer, nuestro hijo ha tocado el cielo!», exclamó. Ella ni siquiera parpadeó al separarse de su marido para colgar el trapo de la cocina en su gancho y recogerse en el dormitorio. Souto lo encontró natural en una madre engañosamente de piedra ante el bullicio de su entorno. «De las dos novedades que traigo se ha quedado con una, la otra le importa poco», pensó, complacido.

Mientras los dos hombres cenaban la tortilla de patatas y el tazón de leche con sopas que encontraron puestos en la mesa, Cecilio masticaba despacio pensando en otra cosa.

—¿Hubo regateo, tira y afloja? —preguntó por fin mirando al plato.

—No gastamos saliva. Ellos ya tienen hechas sus tablas de cuentas. Mejor así, porque si hablo habrían sabido que firmo por nada.

Cualquier voz de su hijo habría servido para romper la nube.

—No hay que pasarse, hijo. El Athletic es el Athletic pero la gente tiene que comer. —Miró aquella expresión sombría—. ¿Qué te pasa?, ¿no te alegras?

Souto deseaba callar porque las palabras se le resistían para contarlo.

—Ahora estoy dentro —arrastró—. Y no es lo mismo.

—¿Dentro de dónde? ¿Dentro de casa? ¡Claro que estás dentro de casa!

El hijo miró al padre con hondura no habitual entre ellos, aunque sin esperanzas de que entendiera. Pero Cecilio entendió.

—Alguien tiene que estar dentro de las cosas, si no, no habría cosas —dijo—, y todos queremos que haya Athletic.

—Pero yo lloraba en San Mamés cuando dentro había otros y ahora que me toca a mí estar dentro lo joderé todo.

Cecilio alzó su mano abierta como para frenar un tren.

—¡Quieto parao! —bajó la voz—: Te diré algo que no entiendo: lo importante no es lo que hay dentro sino lo que hay fuera. Aunque nuestro equipo ganara todos los partidos en un San Mamés vacío, no habría Athletic. Y aunque perdiera todos los partidos en un San Mamés lleno, habría Athletic. ¿Tú entiendes la cuestión de Dios? Yo, no. Si no hubiera llorones, no habría Dios. Pues lo del Athletic es lo mismo. —Cerró con otro pozo de filosofía—: Pero tú, tranquilo.

Al día siguiente, sábado, Souto quiso vivir su última jornada de albañil cumpliendo estrictamente el horario laboral y ello le supuso el no estar en casa a la hora de la lecherita para compartir con ella la buena nueva. La preceptiva celebración con sus compañeros de andamio también le impidió acercarse a Berroena, no por sorprenderle las tantas de la noche sino por la carga de cerveza y coñac. Y fue esa bulliciosa cena en La Venta la que echó a volar la fama de Souto «Botas» anticipándose incluso a los periódicos. Rompió las gargantas la última canturriada frente a la casa de los Menaya. Salió Cecilio a recoger a su hijo y lo equilibró escaleras arriba. Antes de meterlo en el dormitorio lo metió en el retrete. Luego esperó a oír los muelles de la cama para hablarle a través de la puerta cerrada:

—Ya estás entrenado, la despedida de soltero te saldrá mejor.

En la madrugada, aún en plena convulsión de su estómago, Souto se levantó y abrió la ventana de par en par a fin de escuchar a las nueve el concierto de las cacharras de la leche. Permaneció largo tiempo frente a la noche aliviándose con la brisa. A la hora mágica disfrutó de un semisueño retransmitiéndose en susurros la escena de abajo a partir de sus ruidos: «Llegó con la burra, la mano de mi bonita coge la aldaba, ama baja las escaleras con el puchero muy limpio, solo oigo un buenos días, tres medidas de leche están llenando el puchero, las monedas pasan de una mano a otra, solo hay un hasta mañana, no oigo la burra, no oigo a mi bonita sentándose en lo alto de la alforja entre las cacharras, ¡está mirando mi ventana abierta!».

—¡La hostia! —exclamó Souto despertando del todo, abandonando la ventana, abriendo puertas, precipitándose escaleras abajo y cruzándose con la figura sonámbula de Socorro detrás del puchero. Frenó en el umbral de la calle ante la sonrisa fruncida de la muchacha.

—Qué cara —dijo ella mirando a derecha e izquierda de la carretera.

—Una cosa trajo la otra —expuso Souto como una verdad científica—. También traerá un casorio.

Sus miradas se cruzaron hasta lo profundo.

—Aún me falta casi toda la ronda —dijo Irune, y a Souto no se le pasó que ella había tardado mucho en cerrar el hermoso momento.

—Te ayudo —se ofreció dando un paso fuera del portal.

Pero de un salto profesional ella ocupó el trono de la reina de las leches. Souto pensó fugazmente en la alforja que recibía el redondo trasero de su novia.

—Habrás quedado con tus amigotes para charlar lo que no te dio tiempo ayer —dijo ella con la misma sonrisa fruncida del principio.

—Mis únicas citas a partir de ahora serán contigo y con el Athletic. Hoy es domingo y nos toca.

Irune azotó con un mimbre la grupa de la burra.

—¿Por qué miras tanto hacia atrás? —quiso saber Souto.

—Por si viene alguien y te ve en calzoncillos.

De vuelta a casa, con la moral por las nubes, Souto emprendió su reconstrucción por dentro y por fuera para afrontar la nueva etapa de su vida. Con los primeros jornales de albañil había instalado con sus manos una ducha ante la indiferencia de su padre. Estuvo tanto rato bajo la chorreante cebolleta que Cecilio golpeó la puerta para comprobar que no se había ahogado. Cogió del armario la muda limpia de los domingos y con la vieja hizo un ovillo para echarlo al cesto de ropa por lavar. Levantó la cama para airearla. Se vistió la camisa a cuadros y el pantalón azul de faena y bajó a la huerta, no sin antes depositar un sonoro beso en la mejilla de su ama.

—Ya subí ayer las últimas patatas al camarote —le advirtió su padre.

Souto habría preferido subirlas él mismo como despedida de aquel terruño que ayudaba a cultivar desde su adolescencia. Plantaría la próxima semana coliflores y berzas. Arrancó las greñas de tomates, pimientos, vainas y patatas de primeros de verano, aplanó el terreno, bajó de casa el vapuleado pelotón con el que había crecido chutando contra una pared y rematando los rebotes por alto con cabeza de delantero centro como si fueran centros del extremo. Tras varias vueltas al trote por los bordes de la exigua huerta desembocó otra vez en la ducha. Cecilio le había atisbado desde un ventanuco y le recordó:

—Mañana es lunes y abren las Cajas y no te olvides de meter.

—En casa nadie nos lo va a comer.

—Sí, los ratones, les gusta el papel y si es de cheque, más.

Souto asintió con la cabeza. La boca se le secaba al recordar el talón. Nunca había tocado una suma tan alta y pronto asumió que le despejaba la vida, pero se propuso cogerla con pinzas. El fútbol era otra cosa, pensaba. Habría aceptado bien cuatro o seis veces su jornal de albañil a modo de aguinaldo. Nunca olvidó las historias que le contaba su padre sobre aquellos jugadores que no solo no cobraban un céntimo sino que se pagaban los viajes y se compraban las botas, los Guinea, Alzola, Orbe, Ugalde, Ledo, Castellanos del tiempo de la fundación del club, entre ellos algunos ingleses como Langford y MacLenan, rareza que jamás se repetiría. «Los campeonatos no deben ser equipos contra equipos sino tierras contra tierras», pensaba Souto. Profundizando en la historia Cecilio le contó que antaño había tribus que guerreaban entre ellas para saber quién tenía más cojones, y que ahora lo sabían con el fútbol. Creía Souto que los equipos que fichaban jugadores de fuera reconocían su falta de casta, su necesidad de completar los once con gente que no sentía sus colores. «Por este camino un día cualquier público aplaudirá al equipo de fuera que venga con más jugadores de su tierra.»

A media mañana Socorro mató y peló un pollo del gallinero y lo sirvió a sus dos hombres en paella. Souto se había asomado varias veces a la cocina deseando oírla quejarse de su trajín y pedir una criada. Nunca lamentó tanto su silencio. Cuando ella, en el sosiego de la tarde, se sentó ante una ventana a contemplar los carriles con sangre, el hijo tuvo el consuelo de pensar en la ineficacia del talón para recuperar a su madre. A las seis partió al encuentro de la novia esperando que ella le reconciliara con el dinero del fútbol.

El fuerte sol nunca llegaba a amarillear el verde intenso de los prados. Desde hacía un par de años las citas eran en una estrada que discurría en campo abierto a doscientos metros de Berroena, y si al principio asomaba alguna cabeza en el caserío para observar al mozo, pronto desaparecieron. Pero en esta ocasión Souto descubrió cuatro. «Ya les ha llegado y quieren ver cómo le cambia la cara a uno que ha entrado en el Athletic.» Irune se le acercó por el estrecho camino que atravesaba sus heredades acicalada de domingo y peinada de peluquería, lujo reservado a la fiesta patronal de San Baskardo. A Souto le disgustó la desaparición de la saltarina melenita eléctrica recogida en un duro caparazón. Vestía falda azul por debajo de las rodillas, blusa blanca y fino chaleco de lana oscuro. Se recibieron sin rozarse siquiera, las manos colgantes como en un velatorio, conscientes de estar siendo vigilados. Souto apretó el paso conduciéndola lejos de Berroena y solo entonces tomó una mano de ella entre las suyas.

—Ha ocurrido algo pero es como si no hubiera ocurrido nada. A nosotros no nos importa si la marea sube o baja. Nosotros somos nosotros.

—Mira a tu alrededor.

Estaban en la carretera y había paseantes como ellos. Media docena de rostros miraban a Souto con fijeza y algunos le sonreían. *La Gaceta del Norte* había publicado la noticia por la mañana. Tres adolescentes que subían mojados de un baño en la playa de Azkorri, al cruzarse con ellos les enviaron con los dedos el gesto inequívoco de cojonudo. Una mujer se apartó de su marido para besar a Irune con un «buena boda, chiquita». Un hombre se tocó el borde de la boina y rió: «No teníamos tan arriba a uno de Getxo».

—Ha ocurrido algo y es bueno —dijo Irune sospechando que sus palabras no sobraban.

Souto sacó a su novia de aquella trampa y no frenó hasta recorrer un par de kilómetros de costa y alcanzar los altos de la playa de Arrigunaga, las ruinas del viejo fuerte. Se sentaron en la yerba al abrigo de un muro de pedruscos amarillos. Sus rostros se enfrentaron en silencio y se besaron como si nunca lo hubieran hecho, homenajeándose por sentir el cielo abierto.

—¿Te he dicho alguna vez que te quiero? —preguntó Souto sombríamente.

—No, tú nunca dices tonterías.

—Pues ahora tampoco te lo voy a decir.

—Ni yo lo espero y harás muy bien —expuso Irune sin la menor acritud.

—Hablar, hablar, siempre se habla demasiado —medio exclamó Souto.

—Y que lo digas.

—Bueno, la verdad es que alguna vez sí te he dicho que te quiero. No sé en qué estaría pensando.

—Yo también te lo he dicho y no sé en qué estaría pensando.

—¿Lo retiramos?

—Sí, lo retiramos.

Había oscurecido y en la playa las suaves olas transmitían a la arena, igualmente sin ruido de palabras, su juramento de fidelidad. Souto se puso en pie.

—Este lugar es viejo, estamos pisando siglos y las cosas se estropean con el tiempo.

—Y además es feo —convino ella.

—Pero nosotros acabamos de hacer de la playa un sitio nuevo y limpio —dijo Souto tomando a Irune de las manos y levantándola—. La arena siempre es nueva.

—Y limpia —cerró ella.

Abandonaron el fuerte y enfilaron el camino de bajada tomados de la cintura.

—Que conste —dijo Souto—: si alguna vez te he dicho que te quiero, ahora no te lo digo. Recuérdalo después.

—Descuida, lo recordaré. Y tú también que yo tampoco te dije que te quiero... ¿Después de qué?

Pisaron la arena y caminaron hacia el extremo de Kobo. Del follaje de los tamarises al pie del monte brotaban sonidos felices ahogados.

—Esos sí que se dicen que se quieren —masculló Souto.

—Luego pasa lo que pasa.

Se sentaron sobre la arena.

—Escucha —dijo Souto—. Escucha.

—Escucho.

—Escúchame bien... Tampoco te digo que nos vamos a casar. Ni que te quiero ni que nos vamos a casar. ¿Está claro?

—Como el cristal.

—Así que después ni hablar de boda.

—¿Después de qué?

Sus contenidas risas estuvieron a punto de enturbiar los otros amores que en ese momento se ventilaban en la playa. La risa de Souto era estrictamente seria.

—No me crees, piensas que estoy de broma.

—Ocurre que los dos nos estamos riendo de algo muy serio.

—Escucha: si estoy aquí contigo es porque he decidido quererte, pero solo eso y ahí acaba todo. No firmo nada. Después de hacer lo que quién sabe si haremos no debes preparar el ajuar.

—¡El ajuar! ¡Qué tontería! Descuida, nunca se me ocurrirá pensar en algo tan tonto como el ajuar.

—Te lo recuerdo antes: no firmo nada. Luego nada de reclamaciones.

—Eres un gracioso muy serio.

Afrontaron la prueba con silencioso estoicismo, aunque nadie les había advertido de la indiferencia de la playa ante ejercicio tan ramplón tenido por el más deseado entre los miembros de la especie humana.

Souto movió con cuidado la cerradura de abajo, subió sin ruido las escaleras y empleó aún más cuidado en la puerta de arriba.

—El próximo domingo por la noche más goles en la playa —le llegó a través de los tabiques la voz soñolienta de su padre.

Durmió de un tirón, como un niño, aunque nadie tuvo que despertarle a la hora. Paró el despertador tres minutos antes de que sonara. Cecilio y él desayunaron juntos, como todos los domingos, la leche recién traída puntualmente por Irune y hervida por Socorro. «Estas aldeanas son duras», pensó Souto. «Arrean con el madrugón diario para seguir ordeñando.»

Cecilio solía airear las grandes verdades de un cuarto a otro, siempre de noche y en estado volátil. Su regreso a la vigilia se producía con el regreso de la luz.

—Horario de rico —exclamó con amplia sonrisa—. Has entrado en palacio. Me gustaría ver pisar el césped de San Mamés a un hijo mío. —Souto le dirigió una mirada de alarma—. Tranquilo, tranquilo.

Souto habría dado su pierna derecha, la mejor, por no haberle mirado así. Le avergonzaría que vieran a su padre en una localidad de San Mamés con la baba caída contemplando las proezas de su retoño. En 1942 los entrenamientos en San Mamés eran de puertas abiertas. Souto se sentó en la preferencia, no expuesto sino a la sombra protectora de un grupo de estudiantes que habría hecho pira. En el césped estaban Mieza, Oceja, Iriondo, Zarra, Nando, Bilbao y todos los demás. No le parecieron a Souto los mismos. Hablaban, reían, se gastaban bromas de críos, era como si les hubiera descubierto el secreto de su verdadera personalidad, tan diferente de la heroica que ofrecían en los magníficos duelos sobre aquel mismo escenario. Souto se preguntó si sus propios entrenamientos en el Getxo y el Arenas producían ese efecto en los mirones. «No sé por qué, pero no es lo mismo. Quizá el que tengo en casa me lo sabría explicar.» Habría preferido no depender aún del hombre que vivía uno de sus sueños y ahora estaría con los ojos cerrados para ver mejor al hijo en el cielo. «Ya no soy aquel mocoso que soñaba con ellos, ahora soy un hombre y ellos son también solo hombres.» Unos daban vueltas al campo; otros, en grupos de cuatro, se pasaban el balón al primer toque con el pie o la cabeza. Iriondo y Bilbao enviaban centros a Zarra para que los rematara de buenos testarazos. El directivo calvo entrenaba al portero Lezama lanzándole bombazos impropios de un finolis que fumaba cigarrillos empetacados.

—¡Eh, muchacho! —Souto descubrió al entrenador Urquizu señalándole con el brazo. Se puso en pie bajo la mirada de los estudiantes—. Sube al vestuario y elige las botas que más te gusten. Puedes bajar en calzoncillos.

Las miradas de los estudiantes se hicieron más intensas y Souto puso mucho cuidado en no rodar bajo los bancos. Conocía de San Mamés lo que estaba a la vista de todo el mundo. La tribuna era de madera con escaleras que llevaban a las localidades más altas y a los vestuarios. Vio duchas y un cuarto con bancos corridos. «Hola.» Un hombre le echó a los brazos un barullo de prendas rojiblancas y negras. Souto se desnudó y nunca reconocería que las manos le temblaron al vestirse el uniforme del Athletic. Sabía que desde Getxo su padre también lo estaba viendo. Consiguió despojar a la elección de botas del recuerdo de los limpios fundadores que se las llevaban a casa porque eran suyas. Se probó muchos pares de un gran cajón hasta escuchar que uno le decía que sí. «Te las marcaré para siempre como tuyas», le dijo el hombre.

Desde sus quince años Souto estaba familiarizado con los tacos, pero ahora se trataba de trotar sobre una larga escalera descendente. Los tacos se inventaron para que los futbolistas se afirmaran bien sobre la tierra. No cabe imaginar un campo de fútbol de losetas. No era la primera vez que Souto tenía que hacer equilibrios sobre unos tacos. La hilera de peldaños tampoco le alarmó especialmente. Pero allá abajo, donde la escalera moría en el césped, descubrió al directivo calvo esperando su actuación. Souto lamentó recordar la rareza del personaje de valorar la calidad de un jugador por su manera de bajar con botas de tacos esa escalera. Por tonta que le pareciera la idea, allí estaban los dos, él arriba y el otro abajo, esperando. «A mí nadie me toca los cojones», pensó Souto echando la bota derecha hacia delante... y asiéndose a la barandilla. Fue más el ruido que las nueces, el estruendo de los tacos contra las maderas que los desequilibrios. Pasó ante los ojillos escrutadores con un hola y se sumergió en el gran océano verde de San Mamés.

—Souto, por favor —oyó a su espalda. Se volvió a tiempo de dormir con el pie un balón que le enviaba a media altura el directivo—. Entrénate haciendo sudar a Lezama desde el punto de penalti.

El gran Lezama agitó una mano en el aire a modo de saludo al nuevo, y se plantó bajo los palos, pero no en el centro, como todos los porteros; siempre tuvo ideas propias. Souto colocó el balón con las manos sobre la mancha redonda de cal en el suelo, se incorporó y el aire de San Mamés llenó por completo sus pulmones. A la izquierda de Lezama se abría un espacio mayor que a su derecha. Souto reflexionó: «Este cabrón me lo pone tan a huevo para que el novato se mosquee y tire al otro lado, hacia donde él también se tirará». El balón entró despacio por el hueco ancho. Y Lezama, largo sobre la yerba, giró el cuello para mirarlo desde el palo contrario. Cuando un portero detiene un penalti poco mérito le cabe, es fallo del chutador. Aquella mañana Souto se hinchó de meterle goles al portero del Athletic. A mediodía fue arrastrado por un grupo de compañeros a una alubiada. Regresó a Getxo abrumado por tanta novedad. «¿Qué tal?», indagó Cecilio al recibirlo en la puerta. ¿Cuántas veces había oído el hijo esa pregunta?: excursiones de *mendigotzales,* partidas de caza o pesca, primer día en la escuela, solicitudes de trabajo... Acontecimientos siempre rematados con ese ¿qué tal? La respuesta del hijo era desganada, no solo huyendo entrar en detalles sino molesto de lo que le sonaba a fiscalización.

—Bien —silbó una vez más.

El desglose de incidentes vendría después o simplemente no vendría, según la carga de episodios a silenciar. Un incentivo de Souto para abrirse era su necesidad de compartirlo con su ama, que estaba allí y no estaba. Cuando el hijo llevó a casa un gastado balón para acariciarlo a pataditas con el empeine en largas sesiones, un día lo encontró metido en una malla colgada de un sólido clavo tras la puerta de su cuarto. Al descolgarlo descubrió que no era una malla sino tres. Se conmovió. Si las hubiera tenido aquella maldita pelota que su hermanito persiguió hasta las vías...

Cecilio Menaya, no obstante hallarse jubilado, hasta entonces había madrugado para desayunar con su hijo el gran tazón de leche con sopas antes de su cita con el andamio. Ahora se plegó al nuevo horario, entre nueve y nueve y media. «Como los ricos», repetía, orgulloso del salto de su hijo en la escala social. Se entibió su concepción socialista de la lucha de clases. Le bajó por la espalda unas saludables cosquillas cuando el hijo le tranquilizó anunciándole el ingreso en la Caja del talón de 2000 pesetas. «No sé lo que es eso», confesó. «Nunca sabré lo que son cuatrocientos duros juntos.» Abrazó a su mujer y ella vio interrumpido su viaje a la cocina con una sartén. Cecilio jamás pudo formar con Socorro el glorioso sindicato ideológico de resistencia contra toda una vida de estrecheces.

A partir del cielo vivido en la playa, Souto era incapaz de marchar al entrenamiento sin echar una ojeada desde su ventana a la novia en su reparto diario. Más que la promesa de nuevos encuentros recibía el recuerdo de aquella lecherita a la que aún no había dado el primer beso, la lecherita de los inmaculados paseos domingueros y la más lejana con la que no había cruzado una palabra, el tiempo prehistórico de los excitantes espionajes a una hembrita de senos tensando la blusa junto a la cacharra inclinada que colmaba la medida de un néctar blanco cuya fuente podía soñarse sin esfuerzo. El feliz Souto pretendía detener el tiempo echándolo hacia atrás. Sin embargo, los amores en la playa los quemaba como si fueran eternos. Y era capaz de repetírselo a la novia en los preámbulos:

—Ya sabes que con esto no estoy firmando nada, estás a tiempo de echar el freno.

—Yo tampoco firmo nada, ¿qué te crees?, ¿que pienso en el ajuar cada lunes y cada martes? —replicaba ella—. ¡Como si no tuviera otra cosa que hacer! El otro día la costurera de Arrune me vino con unos figurines de trapos para el casorio, la pobre piensa que le voy a encargar. También sin querer ver he visto en un escaparate unos trapitos rosa muy monos para dentro. ¡Qué tontería!

Cuando el dueño de un piso recién desocupado les cedió las llaves no desaprovecharon la ocasión de cruzarse *sinsumbaquerías:*

—Venimos hasta aquí como dos palomas que han oído campanas de boda y creen que tocan para ellas —gruñó Souto.

—Esas no pueden ver un nido vacío sin volar a ocuparlo. Como si en el mundo solo hubiera eso de ¿me quieres, pichoncito?

A continuación robustecieron su independencia midiendo con sus cuerpos fundidos el entarimado del pasillo.

Como faltaban solo semanas para el comienzo del campeonato, en San Mamés había entrenamientos mañana y tarde. Los regresos a Getxo incluían para Souto pasar por La Venta. Nunca lo había hecho con la regularidad de entonces. «No piensen algunos que se me ha subido a la cabeza y marco diferencias.» No sabía qué postura tomar en un mundo que le miraba tan bien. En el barrio de San Baskardo era en La Venta donde los hombres se recomponían. Aunque los Ermo la regentaban de antiguo y no eran de fiar, el pueblo sabía que por no perder clientes no serían chivatos aunque oyeran del otro lado de su mostrador chistes contra Franco. Había un grupo escuchando a Petaca:

—¿No sabéis? El jodido Leandro, el hijo de Benito el lechero de Zinkunarri, acaba de volver de América. ¡Hace tres años fue la hostia! Tenéis que acordaros. Iba Leandro a repartir la leche con las cacharras llenas en el burro. La tarea le gustaba menos que la hostia. Siempre echando centellas. Se cruza con Severiano Ibieta que iba a embarcar y que le dice: «Vente conmigo». Y el *txoriburu* de Leandro que ata el burro a un árbol y allá que se van los dos.

—Ya recuerdo eso —dice alguien.

—¡Pues ya está de vuelta el jodido! Y aquí viene lo cojonudo: llama a la puerta de Zinkunarri y «hola ama». La madre le recibe a escobazos: «¡Cacho sinvergüenza... y las leches sin repartir!». Tres años y aún se acordaba del burro de las leches atado a un árbol.

Pocas veces había sonado en La Venta una carcajada semejante. Souto se unió al concierto. Petaca era famoso en Getxo contando historias, muchas de cosecha propia. No esta de Leandro, con nombres reconocibles. Tenía tanta chispa como rico vocabulario de palabrotas. Su propio apodo de Petaca era una buena historia. Un bisabuelo marino regresó de un viaje con una maleta cargada de tabaco. La abrió en La Venta invitando a todos a servirse de su *petaca*. Se quedó con Petaca. Sus hijos, nietos y bisnietos fueron también Petacas. Cada miembro de las familias que formaron, otro Petaca. En cien años ya constituyen legión los Petacas en Getxo.

Souto intentó confundirse con los demás, pero Petaca lo aisló:

—¡Eh, Botas, no te escabullas, la Virgen! Lo menos que puede hacer uno del Athletic es retratarse.

Souto alzó una mano por encima de las cabezas para enviar una explícita orden a Ermo. Y se rompieron los diques:

—¡Ya estás arriba!

—¡A ver si dejas bien alto el pabellón de Getxo!

—¡Duro con los de Madrid!

—¡Si Zarra te deja el sitio tú ya harás algo bueno!

—¡El Athletic no coge a cualquier vaina!

—¡Eres un tío!

Abrumado, Souto solo pudo decir:

—Todavía no he hecho nada.

—¡La hostia que nada! —saltó Petaca—. ¡Firmar y cobrar la tela!

En medio de las carcajadas amigas Souto pensaba: «Han de ocurrir ciertas cosas para que uno crea de verdad que es de un pueblo. Pero hoy soy el centro y no me gusta. Porque la verdad es que aún no he hecho nada». Se fueron sumando *txikiteros* y Souto tardó más de dos horas en dar con las palabras que le rescatarían:

—Ahora estoy en el Athletic y debo cuidarme. Me muelen a entrenamientos y el cuerpo debe responder.

—¡El vino alimenta!

—¡Es pura gasolina!

Pero admiraron al Souto Menaya tan responsable con lo vasco. Pues vivían tiempos en que debían recurrir con ansiedad a la sagrada corriente subterránea.

—¡Gora Euskadi! —exclamó una voz.

—¡Gora!

La puerta de La Venta reventó ahogando el subrayado coral. Irrumpieron tres entrincherados de la Social pistola en mano.

—Cada vez son más feos, los hijoputas —oyó Souto silbar a Petaca a su lado. Mientras dos arrastraban al solista a un rincón del fondo, el tercero chilló varias veces una orden:

—¡Fuera, fuera, a la calle, todos a la calle!

Y cerró la puerta de una patada.

—Lo van a matar —repitieron varios.

Cuando los desalojados miraban por los cristales se apagó la luz del interior.

—Somos más que ellos —dudó uno.

—Pero desnudos —mormojeó Petaca.

Desde junio de 1937, la guerra y la posguerra habían laminado cualquier rastro de rebelión en los supervivientes. No les llegó ningún disparo, solo gemidos. Emergieron los tres de la oscuridad interior y sus miradas chulescas desfilaron por un pasillo de rostros oscuros. Se precipitaron al interior cuando Ermo daba la luz. La víctima yacía desmadejada en el suelo. Con los labios partidos, una nariz que parecían dos y unos ojos desnivelados, su rostro era un patatal enrojecido. El agua que discurrió por él encharcó su camisa. Turnándose las parejas lo trasladaron a casa del médico, don Luis, que lo limpió, desinfectó y parcheó.

—Que no ande con malas compañías —les dijo como segunda prestación gratis.

Luego lo enderezaron a la puerta de su casa antes de llamar y contaron a la mujer lo ocurrido. Ella se asustó pero eran ya las doce de la noche y solo tuvo que cambiar parte de la frase que tenía preparada:

—Guapo me vienes, de La Venta no puede salir nada bueno a estas horas.

Se dispersaron en la calle, y se quedaron los últimos Souto y Petaca. Las palabras de este en su despedida llevaban una carga plomiza:

—Botas, mételes en Madrid el gol de la Copa para que el hijoputa de Franco nos la tenga que entregar a los vascos.

Ante la dureza de los entrenamientos Souto llegó a pensar que si se extendieran a las categorías inferiores surgiría una legión de mitos como Yermo y Belauste. Volvía a casa tan roto que si alguna vez esperó que la madre hablara fue entonces. Sentía a Cecilio muy próximo a sus agotamientos, sobre todo desde la noche en que le oyó al retirarse a dormir: «Hoy el chico ha roto las botas». Pero seguía cumpliendo bien en sus citas con Irune en la playa.

Souto era un gran chutador, potente y colocando el cuero. El portero Lezama le temía. En cambio, sus remates de cabeza no pasaban de normalitos y el entrenador lo sometió a palizas intensivas. Los extremos Iriondo y Gainza lo bombardeaban desde las bandas y Souto desviaba con su testa balones que por la mañana eran de cuero y al final de la jornada le parecían de piedra. El sueño del rematador consiste en colar el balón por uno de los dos ángulos superiores «quitándole las telarañas». Si, además, este gol resulta decisivo, pasa a los anales y el nombre del jugador a las generaciones futuras. Como si el fútbol fuera un proceso matemático. Medio palmo más allá o más acá no habría gol o perdería su magia, aunque talento y esfuerzo habrían sido los mismos. Existe en proyecto la jugada perfecta, pero solo de tarde en tarde el sueño se realiza. «El fútbol es así», se filosofa. Pero hay desmayos matemáticos cuando surge el milagro. Uno de los encantos del fútbol es la democracia de los goles, pues tiene el mismo valor uno de sueño que otro metido con el culo.

Souto observó que el directivo calvo no perdía ocasión de vigilar a su gente cuando descendía por los famosos escalones de la tribuna.

—Has progresado, Souto, harás carrera —le dijo al cabo de un tiempo.

Souto siempre consideró aquella excentricidad una tontería de jefe.

Un día sonó en San Mamés una orden nueva:

—Mañana a las once todos en las escaleras de Begoña. Rogativa a la Amatxo.

Cecilio tenía su particular opinión sobre aquella peregrinación anual a la basílica de la Virgen de Begoña en rogativa por la buena marcha del Athletic en el campeonato:

—Que yo sepa, en ningún librote de los curas se habla de goles. ¿Qué entiende de fútbol esa Virgen? Pero ahí están esos meapilas nacionalistas que mandan en el Athletic rezándole para ganar alguna copa. ¿Y si los demás equipos también rezan a sus Vírgenes? ¿A quién ayudará? Porque todas las Vírgenes son una sola Virgen. ¿A quién ayudará? ¡En buen lío la meten!

La frente castigada de Souto agradeció aquel día sin entrenamiento. En el hormiguero comercial de Bilbao pocos se percataron del grupo de varones que se disponía a escalar las interminables escaleras que llevan a la basílica. El presidente y la docena de directivos no necesitaron marcar un paso de procesión, pues las escaleras eran empinadas. Souto jamás había engrosado una marcha semejante a las alturas celestiales. Llegó a preguntarse si la Virgen de Begoña era una pieza del Athletic. Durante los varios minutos de subida tuvo ocasión de tocar ciertas profundidades. ¿Qué tenía que ver el alma del Athletic con la religión? A los ingleses que formaron en la alineación de 1898 e impulsaron la fundación del club, seguro que la Amatxo de Begoña les quedaba muy lejos. Los Langford, MacLenan, Davies y Evans, tan prácticos ellos, confiarían más en patadones que en avemarías. Sin embargo, trepaba peldaño a peldaño una procesión absolutamente representativa del Athletic: presidente y directivos, cuerpo técnico, jugadores y empleados, socios y simples aficionados, todos serios y trascendentes, algo así como los gurús de la tribu, expresión con la que Cecilio solía ilustrar en otro tiempo a su pequeño. «Pero no», se rectificaba Souto, «que los sacerdotes están arriba.» La misa fue de las largas, el oficiante pronunció un sermón deportivo recordando a la Virgen que el Athletic Club de Bilbao la tenía por patrona. Se necesitaron varios cepillos para recoger todas las donaciones, y la del presidente fue generosa. Souto se preguntó también si la cargaría a gastos generales, pensando que las pesetas del presidente tendrían menos valor que las del club. Pensó igualmente cuántos de aquellos hombres creían de verdad haber metido un gol adelantado en el próximo campeonato. El remate a tanta severidad fue una comilona en el cercano restaurante El Cocinero: alubiada con todos los sacramentos, chuletón, café, copas y puro.

Si Souto Menaya hubiera tenido alguna afición a viajar, la temporada 1942-1943 se la habría quitado. De los veintiséis partidos de Liga la mitad se ventiló fuera de San Mamés. Conoció España. De Valencia trajo a la novia una falla diminuta, de Sevilla un abanico, de Galicia un Santiago, de Barcelona un ninot, de Madrid un mantón. «Ahora podrás tener un amor en cada puerto», le soltaba ella. «Me arruinaría con tanta novia y tanto regalo», replicaba él. No recordaba haber sido nunca tan feliz. Echó la vista atrás buscando alguna época a su altura y se vio de niño en un San Mamés abarrotado gritando ¡Athletic, Athletic! cuando metían un gol —también lo metía él— o ganaban un partido —también lo ganaba él—. Comparó su felicidad actual con aquellas otras y no se atrevió a sacar una conclusión. Porfió y entonces palpó con nitidez la blancura de aquella primera y lejana felicidad. «Ahora baila el dinero. Pesetas. He firmado un contrato y he cobrado y así soy del Athletic. Y habrá más cobros por partido ganado, exactamente más de aquellas famosas treinta monedas. Los de antes se pagaban las botas porque era otro tiempo. Nosotros también nos las pagaríamos por jugar en el Athletic si no nos pagaran. Pero nos pagan. Es otro tiempo. ¡Pero no estamos en el Athletic porque nos paguen! ¿Por qué me viene ahora el recuerdo de aquel mocoso que iba al fútbol de la mano de su padre?»

En Sevilla también compró un regalo para su ama, una mantilla blanca, que se la entregó con un beso. Como de costumbre, Socorro se desentendió del beso y de la caja plana de cartón que el hijo hubo de dejar sobre la mesa de la cocina. Allí permaneció nueve días estorbando los desayunos, las comidas y las cenas, padre e hijo confiando como nunca en el despertar de la sonámbula o lo que fuera, hasta que una mañana la caja había desaparecido. «No está muerta del todo», fue el esperanzador diagnóstico de Cecilio. La caja plana, aún sin abrir, la descubrieron meses después, cuando en el hogar flotaban aires de boda, junto a los zapatos recién lustrados de Souto.

En plena temporada, la directiva llevó al equipo a cumplir con otra tradición. Fueron unos ejercicios espirituales en miniatura, un recogimiento mañanero en la capilla de la Universidad de Deusto de los jesuitas. Misa, plática y meditación. Souto se vio rodeado de gente arrodillada con los ojos cerrados, pero él no sabía sobre qué había que meditar. El maestro de aquella sesión no era aún padre sino un joven seminarista, y sus palabras finales fueron muy calientes: «Competid con la mayor suerte por la patria vasca y por el Athletic».

De los 26 partidos de aquella Liga el Athletic ganó 16, empató 4 y perdió 6. Si de los 38 goles que recibió no fue responsable Souto, tampoco de los 73 metidos. Sencillamente, no figuró en ninguna alineación, solo calentó banquillo. El más disgustado de los dos fue Cecilio. Razonaba al hijo: «Si Telmo Zarraonaindia fuera extremo o medio o defensa o portero o incluso árbitro, no habría problema. Pero resulta que es delantero centro y tú eres también delantero centro y nuestra mala suerte es que él llegó primero».

Los novios no perdían ocasión de ver pisos. En marzo del nuevo año ya habían probado una docena. Más que visitas eran estudios científicos. Empezaban por rogar al dueño o la dueña que los dejase solos a fin de *sentir* el piso sin interferencias, palpando puertas, ventanas, tabiques, pasillos y techos, emitiendo susurros y recibiendo los ecos de opinión de los materiales. La prueba fundamental era la del amor, bien sobre el colchón de una cama, si había muebles, o el abrigo extendido de Irune en la tarima del futuro dormitorio. «Hemos de saber a tiempo si la choza dice amén a nuestras cosas», filosofaba Souto.

La Liga de 1943 la ganó el Athletic de Bilbao y a Souto le recorrió una brisa agridulce. «Pero tú estabas allí, estabas con el equipo», le consolaba Cecilio. «Más de una vez has estado a punto de saltar al campo para sustituir al tapón. Que si quieres arroz, es la hostia de duro.» Era el padre quien necesitaba más consuelo que el hijo, pues Souto había arrinconado aquella ruta. «Estoy en el disparadero y solo tengo veintiún años.» Podía consolarse así porque se mecía en un mundo paralelo. Se casaría en un año o dos y aquí sí que era el titular.

A los parabienes que le llovían de un lado y otro respondía con su credo: «Aún no he hecho nada». Sin apenas pausa para disfrutarla con Irune le secuestraron los entrenamientos para la Copa. Revolucionaba a la sociedad vizcaína un clamor: «¡Este año de nuevo el doblete, Liga y Copa, como en el treinta y el treinta y uno!».

La Copa era una pasión más breve y por tanto más intensa. Menos partidos y todos eliminatorios a vida o muerte, todos finales. Los duelos se fueron despachando hasta llegar a la verdadera final, en la que el enemigo a batir resultó ser el Madrid. ¡El Madrid, el equipo de Franco! Por decreto superior, la final de la Copa se celebraba siempre en la capital, aunque fuera el Madrid uno de los finalistas. Por algo era la Copa del Generalísimo. Arroparía a los blancos un estadio volcado en su equipo. Otra afrenta del régimen que costaba digerir. Por primera vez a Souto le abrumó la responsabilidad.

—Que no se lesione nadie, que no se lesione Zarra —llegó a confesar a su novia—. Que sigan aguantando la vela los señoritos.

El anuncio de la directiva le pilló con la guardia baja: habría una prima de 500 pesetas si traían la Copa a Bilbao. El recuerdo del mocoso le sorprendió más desarbolado que nunca. «No tienen mano izquierda, no estamos en un mercado. ¿Es que no saben que jugaríamos a matar aunque tuviéramos que pagarnos las botas? ¿No saben siquiera eso?»

Los veinte días que mediaron entre la larga Liga y la fulminante Copa fueron de meditación muscular y acopio de energías. La pareja de novios dispuso de tres domingos para holgar pero no hubo ni playa ni pisos vacíos. Irune se encerró en largos silencios para que el sombrío Souto hablase.

—Las novias de los compañeros suelen ir los domingos que hay partido a San Mamés.

—¿Por eso los morros? No voy por no distraerte o ponerte nervioso o lo que sea. Y además, nunca me lo has pedido.

—Tú solo me pones nervioso en otros sitios.

Era domingo y estaban en un txakolí de Berango.

—Pues a lo mejor empiezo.

—No te digo para verme a mí. Aunque no me han puesto en toda la Liga.

—¿Pues a quién tengo que ver?, ¿a la caramelera de la puerta?

—Verlo todo, ver San Mamés, todo de buena madera. El campo, la yerba, las camisetas, aunque yo no esté dentro de ninguna. El busto de Pichichi. —La mano de Souto asía el doble de cerveza con el mismo desaliento—. ¿Adónde te llevaban tus padres de pequeña? ¿No te enseñaron a cantar el alirón?

—No me llevaban a ninguna parte, como no fuera a misa. Espera, sí, una vez me llevaron a las barracas de Bilbao y por primera vez comí coco. Recuerdo que llevaba un vestidito con...

—¿Te parezco un pesetero?

Irune apuró lentamente su vaso de sidra.

—¿Qué te pasa? No seas pesetero y verás en qué agujero acabas. ¿Soy yo pesetera por contar con gusto los chines que cobro por las leches? Si llevara mal las cuentas, a la madre la tendría que oír.

—Lo mejor sería que vosotros regalarais la leche y otro os regalara las habas para las vacas.

—Coitao, eso ocurrirá entre los angelitos del cielo. Tú, por si acaso, vete con el dinero en la mano cuando nos den las llaves del piso.

—El fútbol es diferente, el fútbol es juego —murmuró Souto.

Se encendieron las bombillas colgantes de la terraza e Irune pudo leer en el rostro del novio sin que la distrajera la invasión de mosquitos hambrientos. Tomó la mano caída de Souto.

—¿Qué te pasa? Escucha: tú no eres un pesetero. Si fueras un pesetero estarías hablando todo el día de pesetas. Yo sí soy pesetera, a Dios gracias. Para hablar de cuentas contigo tienen que tocar las campanas.

Desde su mano protegida por las de ella se extendió por Souto la sospecha de que era tonto. Aún tuvo lo que pareció desde fuera un último arranque:

—¡Pero no tienen por qué darnos quinientas pesetas más por ganar la Copa!

Irune se incorporó para darle un beso por encima de la mesa.

—Para cortinas —dijo.

La víspera del viaje Irune se empeñó en regalarle una camisa blanca recién comprada «para que los de Madrid te vean elegante después de la ducha».

—¿Qué ducha?, ¿la que nos darán o la que les daremos?

Su padre lo despidió al día siguiente en la puerta de abajo con un consejo de pueblo:

—Ten cuidado con esos de Madrid, que no son como nosotros. Que no te vean con cara de aldeano. Te roban la camisa que llevas puesta y ni te enteras.

—¿Qué os ha dado a todos con las camisas? Este solo es un viaje más.

—No es uno más, porque entre la ida y la vuelta está la final.

—¡Pues es la que no quiero llevar en la cabeza! —estalló Souto.

—Solo tienes que llevarla en el corazón.

—¿También que nos darán quinientas pesetas si ganamos, incluso a los que no hemos dado ni una jodida patada todavía?

Cecilio saboreó la cifra.

—¿Y aún no quieres pensar en la final?

Antes de dar el primer paso en la carretera Souto levantó la cabeza y descubrió a su madre tras los cristales con la mirada perdida. Aunque la había besado al despedirse estuvo tentado de subir a repetirlo. Cecilio miró donde miraba el hijo. «No se le escapa ni el vuelo de una mosca. Esta mujer sabe cuántos goles les vamos a meter.»

En todo el viaje en autobús ni titulares ni suplentes mencionaron el partido. Los nervios se desahogaban hablando de caza, pesca y mozas. Así conoció Souto que aquella zozobra no se curaba ni llegando a veterano. Tampoco ayudaba la culebreante caravana de vehículos que les seguía y a cuyos entusiastas ocupantes era pecado defraudar. Motos, turismos, camiones y camionetas aireando por las ventanillas enseñas rojiblancas, algunos adelantándose al autobús para ser vistos mejor y oídos: «¡Látigo a los de Madrid! ¡Eúp!».

Souto sintió un roce de ropa y era el directivo calvo que se sentaba junto a él. A su habitual expresión comedida la reemplazaba un rostro luminoso.

—Esto no es un entierro, muchacho —le recordó propinándole un plastazo en el muslo—. No te preocupe la responsabilidad, que hoy tampoco juegas. Solo harás turismo.

Souto no supo cómo interpretar aquella seguridad.

—Nunca se sabe si un reserva va a jugar o no —dijo.

—Doy suerte, si yo viajo nadie se lesiona.

—Zarra tiene los tobillos blandos.

—Todos tenemos los tobillos blandos si un defensa contrario te embiste. No creas demasiado en ese mito sobre Zarra. ¿Te recuerdo algo que sabes muy bien? Al saltar al campo vuelan todas las tensiones.

—Supongo que sí, pero de esa medicina no habrá para mí... Tranquilos sí que van esos —añadió Souto señalando por la ventanilla a los compañeros de viaje de la carretera—. No tienen que preocuparse por si van a jugar.

El autobús era una cuna mecida y soñolienta que iba hundiendo a sus ocupantes en el sopor. El directivo, que seguía al lado de Souto, emergió de un ensueño para caer en otro:

—Somos aldeanos que vamos a decirles a los de la capital que somos mejores que ellos.

—Usted no es un aldeano —dijo Souto.

—Es verdad, pero es lo mismo, voy con aldeanos. Tú eres uno.

—Aldeano es el que vive de la tierra y yo soy albañil.

—Ya no, ahora eres jugador del Athletic y aún cultivas patatas y lechugas, me lo contaste un día.

—La tierra que tenemos en casa cabe en dos tiestos. Eso no es ser aldeano. Ser de pueblo no es ser aldeano. La mitad de la gente del equipo es de Bilbao y el resto de los pueblos, donde seguro que no tienen ni dos tiestos de tierra.

El directivo lució una sonrisa de complicidad.

—Pero no me negarás que es una buena bilbainada presumir de aldeanos cuando vamos a Madrid. Así nos ven componiendo un solo cuerpo cuyo único y viejo árbol..., ¿me lo permites?, hunde sus raíces en una misma tierra.

No le contaba a Souto algo que este no supiera. Recordó palabras de su padre transmitiéndole la naturalidad de los nacionalistas al hacer del Athletic su feudo. «¡Hay otros vascos, otros vascos!», clamaba. Seguía un buceo en la lucha de clases, en la realidad de una Euskadi de ricos y pobres, donde los ricos ven en los pobres, mejor que estos mismos, las verdaderas raíces de las viejas tradiciones vascas con sus oficios de agricultores, pastores, canteros, albañiles, ferrones y demás, y añoran desde sus palacios la tierra que no pisan. Y puntualizaba Cecilio: «Y el Athletic es un buen terreno para hacer patria».

Souto se libró de estos recuerdos al percibir una fragancia de droguería. Observó el costoso traje azul del directivo calvo con todas sus rayas intactas, sus pulidas y blancas manos, su inolvidable operación de introducir un cigarrillo coronado en una boquilla de nácar. Y también recordó que habitaba un palacete en el barrio aristocrático de Getxo y que era nada menos que un Matxinaundiarena.

Al volver de nuevo a la incansable caravana y mirarla con otros ojos, observó rostros curtidos o blandos, actitudes rudas o comedidas, prendas baratas o caras, viajeros atiborrando camionetas u ocupando con holgura coches envidiables. Así como todos se desplazaban sobre cuatro ruedas, Souto pensó que les unificaba igualmente y de manera natural el Athletic. Una hermandad que era bienvenida aunque solo durase el partido del domingo.

—El aldeanismo es una inocente manera de anunciar a los madrileños que el pueblo vasco es muy viejo —las palabras del directivo calvo parecían flotar en su primera bocanada—. A cierto erudito vasco se le hinchaban sus cosas cada vez que databa en milenios ante otros ilustres la aparición de diversos grupos humanos: eslavos, asirios, sumerios, mesopotámicos, celtas... La discusión subía de tono al aparecer los vascos. El erudito los calló a todos al proclamar bíblicamente que «los vascos no datamos»... ¡Aldeanos de las tribus del norte aplastan a señoritos de Madrid!

El supuesto ardor de sus palabras se desvanecía al mismo tiempo que el humo de su cigarro para preservar su flema.

—¿Y si perdemos? —preguntó Souto.

—Pues a casa a despellejar al árbitro.

Souto celebró que el directivo entornara los ojos y se hundiera en una modorra plácida. Echó la vista hacia la delantera del autobús donde dormitaban los principales, es decir, los veteranos. Al subir al vehículo habían desplazado a Souto enviándolo al fondo, y ocuparon ellos asientos más sosegados que los de la traqueteante cola. Era la norma. Souto la explotaría a su debido tiempo. Mató el viaje jugando al mus con los últimos fichajes. Y hablando de todo menos de fútbol. En el hotel compartiría habitación con un jovencísimo medio lateral ofensivo preocupado por si les permitirían un paseo por la capital para comprar una peineta de procesión a la novia. Souto pensó en la chica de la canción en la que uno pregunta a una:

«¿Qué quieres que te traiga que voy a Madrid?». Y ella replica:

«No quiero que me traigas, que me lleves, sí».

Souto lamentó la ausencia de algún encargo de Irune, incluso su desazón por no haber atendido su inexistente ruego de traerla. Es que no le pidió nada. Repasó su noviazgo buscando una urgencia hasta que la encontró: la afición de su novia a tómbolas y rifas. Y recordó la sonrisa feliz de alguna gente de Getxo cuando caía en sus manos por Navidad un número de Doña Manolita, la expendeduría madrileña donde caían todos los premios. Souto pateó las calles preguntando. Doña Manolita se encontraba en la otra punta de la ciudad. Bajo el letrero del gremio estaban echando el cierre. Le atendieron por su acento vasco. Regresó distrayéndose con los reclamos callejeros, entre ellos la cerveza, y en la recepción del hotel tropezó con el directivo calvo y el entrenador.

—De putas madrileñas, ¿eh? —roncó el entrenador.

—Juegas mañana —sentenció el calvo.

—Mañana es sábado —se protegió Souto.

—Te tragaste el viernes, hijo. Mañana es domingo. Del sábado ya estamos en las dos.

Ni la cerveza protegió a Souto del bombazo. El entrenador miró sus ojos turbios y gritó sordamente:

—Habrá que poner en el ataque a un defensa. Y si me hinchan las pelotas saco al masajista.

Souto empezó a ver la realidad.

—¿Pues qué le pasa a Zarra, no le gusta Madrid y se ha vuelto al pueblo?

—Lesionado —alumbró el directivo.

El primer pensamiento de Souto fue para su padre. El tapón. El directivo y el entrenador le miraron como echándole la culpa. Con el segundo pensamiento empezó a rearmarse.

—¿Cómo? —preguntó.

—Traspiés y guardabajo en una maldita escalera que tenía que ser de Madrid —dijo el entrenador—. Me lo trajeron a la silla de la reina. Está en su cuarto con paños calientes y masaje.

—Estará listo para mañana —dijo Souto sin pensar si lo deseaba o no.

—Ha pronunciado tu nombre. —El directivo calvo miró a Souto profundamente—. Retirémonos a dormir y a rezar a la Virgen de Begoña... ¿Rezarás tú también?

Souto no acertó a responder, fue el entrenador quien lo hizo por él:

—¿Cree usted que mis jugadores son hermanitas de la caridad?

Souto vivió una noche tumultuosa sin moverse de la cama y sin cruzar una sola palabra con el medio lateral ofensivo, al que encontró dormido. Apenas lograba ensombrecer su vacilante alegría con pensamientos como «Zarra es insustituible en esa gran delantera». Creyó estar amartillado al sentarse a desayunar con toda la expedición de Bilbao y recoger las miradas que ya le hacían responsable del resultado del encuentro. Lo resistió bastante bien. Al ver acercársele al directivo calvo pensó: «Viene a calmarme los nervios pero me los revolverá». Se sentó a su mesa con una tacita de té humeante en la mano y le habló de la alianza medieval de los Matxinaundiarena con los poderosos Jaunsolo y de sus bárbaras luchas contra los Garzea, en un intento de distraer los miedos de Souto. Luego salieron todos a la calle a pasear el desayuno. A la una comieron macarrones, chuleta y flan, con una sola copita de coñac. Siesta de dos a tres y marcha al estadio en un autobús flotante sobre un mar de banderas rojiblancas.

El último aliento que recibió Souto al saltar al campo fue el del directivo calvo:

—No te pedimos muchos goles, chico. Con uno basta.

No le exigía ganar la final, proeza que parecía echar sobre sus diez compañeros; él cumpliría con meter un solo gol. Era menos de lo que le pedían en el Getxo y el Arenas. Pisó el césped sin sentir su propio peso. Cuando el Generalísimo apareció en el palco y saludó a su multitud alzando tibiamente el brazo y se coreó histéricamente su nombre las tres veces reglamentarias, Souto levantó la vista y descubrió la figurita que vigilaría el duelo castellano-vasco lamentando no poder resolverlo por segunda vez con las armas. Souto se vio de pronto a sí mismo convertido en el mocoso que reía o lloraba con el Athletic y se enderezó para asumir la confusa misión que le correspondía. Se construyó de hierro fijando la cintura del calzón al hueco más aguerrido de su cintura, y de un patadón de advertencia envió a los espectadores el balón del calentamiento.

Sin embargo, en la primera jugada del partido él fue quien lo perdió a pies del enemigo. A las florituras de los blancos oponían los rojiblancos su juego directo. Los primeros necesitaban más tiempo para llevar el cuero a la otra portería; a los segundos les bastaba un pase largo de punta a punta del campo. Souto no enlazaba con sus compañeros, nunca había jugado con ellos un duelo de sangre. Ahogaban en flor sus movimientos dos gendarmes como armarios. Sabía Souto que era a Zarra a quien esperaban y le despreciarían al comprobar su mediocridad. Pero transcurrían los minutos sin que se los quitara de encima, vigilancia que hizo crecer su confianza. Y en una jugada de toda la delantera con centro de Gainza poco faltó para perforar de un testarazo la meta de Franco. El balón salió rozando la madera. «¡Huuy...!», se oyó suspirar a la parte vasca del estadio. Souto se recordó a sí mismo de mocoso, y de rebote se sintió investido de uno de aquellos dioses de su infancia. En el descanso le masajearon las piernas machacadas por los dos gendarmes.

Comenzó el segundo tiempo con un Souto ignorando dónde poner su doble condición de mocoso y de dios. El juego se decantó en un baile de ataques alternativos, con pifias y genialidades y un Souto haciéndose hombre de final con ambas. Se agotó el tiempo reglamentario sin goles. Prórroga; dos tiempos de quince minutos. Souto se encontraba más entero que al principio. A pesar de que los gendarmes lo emparedaban con más pujanza, era capaz de dar la última puntada a los bordados de sus compañeros sobre el verde. Le costaba admitirlo. «¿Están ciegos?», se preguntaba, «¿no saben unos y otros que soy un paquete?» Cuando se sintió aplastado bajo sus diez compañeros no tuvo más remedio que pensar: «Estas cosas solo ocurren cuando alguien mete un gol y el de abajo es el que lo ha metido. Y ahora el de abajo es Souto Menaya». Y entonces se le abrieron las nubes y vio como en el cine el gol que tardó en saber que había metido rematando de cabeza un centro telegrafiado de Gainza que daba la Copa al Athletic.

Aunque no todo fue así de transparente. Previa al gol hubo, sí, una niebla de segundos, y también en el gran momento del remate. ¿Qué se quiso ocultar Souto Menaya, quizá la laberíntica secuencia de aquel gol? La prensa de Madrid le acusó de haberlo metido con la mano. Ni el propio Souto conocería nunca la verdad... o no quiso pensar demasiado en ella. Estamos hablando del maleable fútbol, la única pasión de los hombres en la que aún son posibles los milagros.

Quedó probada la eficacia del mecanismo cuando se vio a Souto emerger de la montaña de cuerpos y pedir a gritos a su capitán que corriera a recoger la copa. Le recordaron que aún faltaban nueve minutos. El Athletic no se dejó arrebatar su ventaja. A la parte vasca del estadio se le rompían las gargantas. Luego Gainza subió las escaleras de acceso al palco y recibió la Copa del Generalísimo de manos del titular, dio la vuelta al campo con ella y diez camisetas rojiblancas más mostrándola al griterío. Souto hizo un hueco para pensar con qué ánimo habría quedado el pasmado del palco por haber rendido aquella guerra al enemigo con sus propias manos.

El lunes, el público del fútbol pudo leer que el gol del Athletic había sido metido de un manotazo. Aunque no era la mejor ocasión para entrar en honduras, de su entusiasmo pudo rescatar un instante de lucidez e instaló para el futuro que nada había que ocultar, que el gol se produjo como los mejores goles, tras un *zurriburri* de piernas y pies, culos y caderas, brazos, manos y cabezas que no lo aclararía ni el propio gallo de la Pasión.

No se precisa de una guerra patriótica para ver el delirio de un pueblo. Se vivió al regreso de Madrid del equipo a lomos de un camión abierto tras el paseo triunfal por otras localidades. Era aquel un tiempo de silencio y el fútbol un resquicio para manifestar lo prohibido. Se explotó bien. Incluso las mujeres excusaron al fútbol su intromisión en sus amores. A duras penas se abrió paso el camión a través de la masa frente al Ayuntamiento y sobre la Ría y un sólido puente. Los héroes del camión exhibían la copa de mano en mano y el gentío nunca gritó más que cuando la levantó Souto. Al aparecer el equipo en el balcón municipal de las solemnidades las radios consiguieron que toda Euskadi vibrara. La infalible arenga interclasista con que el presidente del Athletic cerró su ronco discurso enardeció a un pueblo que aún sufría una represión sangrienta: «¡Nos los hemos pasado por la piedra! ¡Y lo han hecho once aldeanos!». El fútbol como válvula de escape. Bienvenido sea.

Vacaciones. Comenzaron en el instante en que los coches repartieron jugadores por uno y otro pueblo. Souto llegó a Getxo a las diez de la noche. Cecilio lo esperaba en la carretera con los brazos abiertos. Atrajo al hijo y lo mantuvo contra él no menos de dos minutos, hasta que se acordó de su mujer.

—Ella también te espera. Siguió por la radio el partido y todo lo demás. —Souto lo miró incrédulo—. Bueno, la radio se oía en toda la casa.

—Ya estará acostada.

Souto entregó a Cecilio el maletín con un «vuelvo enseguida» y se alejó, al principio a pasos contenidos y luego a la carrera. Llegó a la vista de Berroena tratando de leer en sus ventanas iluminadas. La novia surgió de la oscuridad susurrando su nombre.

—Eres el fantasma que quería ver —juró Souto.

—De esta te levantan una estatua —siguió susurrando ella.

Cuando Souto adelantó sus brazos de oso, Irune señaló a una figurita a su espalda, su hermano de cuatro años, Andresito.

—Quería verte de cerca —dijo Irune revolviendo el pelo de la cabeza pegada a su cadera.

—Toca, soy de carne —gruñó Souto.

El niño no movió ninguna de sus manos. Souto mitigó el contratiempo con el melancólico recuerdo del mocoso que fue.

—Dio un salto en la cocina cuando metiste el gol —rió Irune.

Souto asintió en silencio. Suspiró a la espera de iniciativas que a él no le correspondía tomar. Cruzó una mirada intensa con su novia. El niño no le quitaba ojo.

—Le dije que le estrecharías la mano como a un hombre —le envió Irune.

El niño elevó tímidamente su brazo y Souto estrujó la manita aceptando resignado su papel de dios. Se sintió con licencia para intervenir en su mala suerte:

—No son horas para que un chiquito ande fuera de casa. Da media vuelta y...

—Si he podido salir a verte es por él. Está de carabina —sonrió la novia.

—Pues primero le beso a él y luego a ti —probó Souto.

—No puedes besarle, lo acabas de convertir en un hombre.

Por encima de la cabeza de su hermano, Irune envió un beso extendiendo la mano abierta y soplando en la lanzadera. Souto lo recogió en el puchero que compuso con sus labios.

A las nueve de la mañana del día siguiente Souto había sobrevivido a un sueño rocoso y, de vigía en su ventana, recordó el tiempo en que espiaba la llegada de la lecherita. Sus zapatazos en la escalera coincidieron con el concierto de las cacharras de la burra.

—¿Dónde es el fuego? —preguntó Cecilio desde la cama.

Souto abrió el portal con el brío de la carrera y tiró de la lecherita al interior y al abrazarla abrazó también la cacharra que ella apoyaba en su cadera. El brazo libre de Irune rodeó el cuello de él sin soltar la medida de medio litro. Al separarse respiraban en oleadas. Irune quiso llenar el vacío que siguió atusándose el cabello, pero sus dos manos estaban ocupadas. Se refugió en una denuncia:

—Te has dejado arriba lo principal.

Alguien bajaba tenuemente las escaleras. Socorro hubo de colar el puchero entre los dos cuerpos. Irune no acertó a pronunciar los buenos días, se limitó a llenar las tres medidas de leche. Socorro giró, sosteniendo ahora el puchero con ambas manos, y ascendió la escalera con el mismo esfuerzo indiferente que si paseara por una avenida.

—Te habrá visto porque sabe que todos los días llegas pegada a tu cacharra, pero yo soy nuevo aquí —dijo Souto.

—Tu madre lo ve todo hasta con el cogote —dijo Irune—. Un día le puse dos medidas en vez de tres y se me quedó quieta con el puchero hasta que volví y le eché el resto.

Souto rió sin ruido.

—Ama es la hostia.

—No sé cómo puede vivir sin hablar.

—Algunas os moriríais.

—Es triste que tu padre y tú tengáis que adivinarla.

—Como no se gasta por la boca le quedan más fuerzas para acordarse de nuestro pobre Josín.

—Ni siquiera se marchó después a vivir lejos de las vías.

—Es fuerte. Lo aguanta todo.

Irune depositó un suave beso en los labios de Souto, quien vio el cielo abierto y la tomó de la cintura.

—Los deberes no se hacen solos —sonrió Irune desprendiéndose graciosamente a pesar de sus trastos de trabajo.

—Voy contigo —la siguió Souto.

—¿A repartir las leches? Estás loco.

—Así no tienes que atar la burra en las paradas, yo te la cuido.

—¿Qué dirá la gente? ¿Y qué dirán en casa cuando se enteren?

—Dirán que el negocio de la leche ha crecido y necesitabas un chico para todo.

Irune dejó de pensar en ella.

—Todo el pueblo te verá a las órdenes de una jefa y, ¿sabes?, pensará que lo mismo será cuando te cases.

Souto salió a la carretera a soltar la burra y la esperó con el cabo de cuerda en la mano. El cielo limpio de nubes anunciaba un día de calor. Souto había bajado de casa en camisa. Al arremangarse dejó al descubierto unos brazos fuertes que a Irune siempre le prometieron estabilidad. Rechazó ayuda al instalarse sobre la burra después de devolver la cacharra a la albarda. Una de las novedades de aquel día en el pueblo fue el moderno reparto de las leches por parte de la de Berroena. Souto marchaba delante simulando que tiraba de la burra con el cabo de cuerda y hablando a la que viajaba detrás como una reina y que tampoco callaba. No es que un reparto semejante no lo realizaran también ocasionalmente los hombres, aunque nunca de muleros de una mujer: era el *hombre* especial que veían entonces, Souto Menaya, el del gol del domingo. Hubo reacciones para todos los gustos. Las mujeres comentaron: «Cómo la quiere, será un buen marido». Los hombres: «Ya lo tiene bien domado esa mosquita muerta».

En la avenida de Larragoiti, a indicación de Irune, Souto paró la burra frente a un portal pegado a una floristería. Era un portal del que salió una doncella con cofia portando una jarra de porcelana. Durante el trasvase de la leche surgió de la floristería un atildado muchacho con un clavel en la mano. Su impulso se enturbió al toparse con Souto. Se contemplaron expectantes. Colmada la jarra, Irune devolvió su cacharra a la burra y arreó a esta un plastazo en su anca. Pero Souto quiso averiguar qué pintaba el de la floristería con su flor. El muchacho desapareció con ella por la misma puerta. Souto echó a andar tirando de la burra.

—¿Quería vendernos esa flor? —preguntó con aspereza.

—Era para mí —contestó tranquilamente Irune—. Lo de todos los días.

—¿Por cuánto te la vende?

—No seas tonto. Como nunca se la cojo la pone en la oreja de la burra. Así que en realidad es la burra quien se ha quedado sin ella.

—Nunca me habías hablado de esto.

—Si te hablara de todos los moscones...

—¿Tantos te zumban?

—Los hay que corren detrás de todo lo que se mueve con faldas.

—¿Por qué no le has parado los pies a este?

Irune arreó a la burra un cachete más sonoro que el anterior.

—¿Por qué no callas la boca? Mira, hijo, antes no

tenía argumento, pero ahora les diré que cuidadito con mi novio, que es Souto Menaya, el del gol.

—No te molestes. Cualquier día vengo a dar de hostias al florero.

La efervescencia de Souto se disolvió coincidiendo con el final del reparto a media mañana y el furtivo beso de despedida en los límites de Berroena.

Aquel día Souto hubo de atender a tres periodistas locales al mismo tiempo, y le asombró que la mayoría de sus preguntas se refirieran a cosas lejanas al fútbol y demasiado personales. Salvó el trance con réplicas por su parate que no se imaginó que aparecerían. Pero aparecieron.

A mediodía Socorro cocinó a sus dos hombres paella y bacalao al pilpil. Cecilio tenía la costumbre de comer con la radio en marcha y pudieron escuchar todo lo que se continuaba diciendo de la final.

—No se cansan —dijo Souto.

—Es algo que no pasa todos los días —aseguró Cecilio sin perder un detalle.

No teniendo Souto nada mejor que hacer aquella tarde, se adormiló en el único sillón del comedorcito y así le sorprendieron los suaves aldabonazos en el portal. Pero ya bajaba su padre a abrir. Le llegaron pisadas de cuatro suelas en las escaleras mientras se preguntaba quién coño sería.

—Este chico viene desde Madrid para hablar contigo —le anunció Cecilio desde la puerta del comedor. A Souto le quedaba la resaca de la siesta y fue como si no confiara en su padre y necesitara ver. Y, sí, descubrió en el umbral a un hombre joven bien trajeado.

—Souto Menaya, supongo.

La voz delicada le puso en pie de un salto. Subió aire de su estómago para desbrozar su garganta.

—Hola, entra.

Lo estudió sin interés: veinte años, rostro de niño con gafitas de alambre, corbata y el atisbo de una sonrisa que parecía esperar autorización.

—Soy Toni Parra, del periódico *Marca* de Madrid. Me envían para entrevistarle... si a usted le parece bien. Aunque ya le habrá mareado a preguntas la prensa de Bilbao.

—¿Marearme? —exclamó Souto—. Alguno sí ha preguntado.

Cecilio miró a su hijo, su mentón apuntó a una silla y desapareció.

—Si vas a preguntarme, mejor que te sientes —dijo Souto sacando una silla de debajo de la mesa.

Se sentaron casi frente a frente. El periodista sacó del bolsillo bajo de su americana crema una pequeña libreta y del alto un lapicero con capucha. Parpadeó unos segundos.

—Es sorprendente que no le haya agobiado la prensa —dijo.

—Radio y papeles sí que siguen hablando de la final y de nosotros. Fue cosa de todo el equipo.

—Pero usted metió el gol.

—Alguien lo tenía que meter. Uno me pasó la pelota y otro se la había pasado a él. Fue cosa de todo el equipo.

El periodista trató de leer algo más en los ojos de Souto.

—Es usted muy humilde —dijo—. Quien consigue en una final el gol que decide se lleva la atención del mundo informativo. En particular si hay dudas sobre la legalidad de ese gol.

Souto miró fijamente al periodista y rió.

—Así que para esto has venido... Escucha, amigo: la pelota entró, el árbitro pitó gol, así que gol. Sin más hostias. ¿Qué os ha picado a los de Madrid?

El periodista se aclaró la garganta.

—Sería bueno para el mundo del deporte conocer la verdad.

—¿Qué verdad? —saltó Souto.

En las manos del periodista apareció un pañuelo para secárselas.

—Perdóneme. La verdad que usted sabe.

—¿Qué verdad, cojones? —exclamó Souto.

El periodista se refugió en una pausa incómoda.

—Con la mano y no con la cabeza —dijo al fin—. Algunos, muchos, creen que usted metió ese gol con la mano.

Souto hizo tamborilear sus dedos contra la mesa y el periodista se tranquilizó. «Coño, coño», musitó Souto. «Qué ganas de perder el tiempo.» Elevó la voz:

—Y a ti te ha caído esta embajada.

El periodista volvió a parpadear.

—Parece que sí.

—Pues escucha: fue un testarazo de órdago. Y entró. Entró como un rayo. Cierro los ojos y lo veo una y otra vez. Pero no me gusta hablar de ello con nadie.

—Lo comprendo. Y le agradezco que ahora usted..., bueno, y me atrevo a preguntarle si se siente libre por completo de dudas...

—¿Dudas?

—Quizá remató con la mano en un gesto reflejo.

—¿Gesto reflejo?

—Digamos, sin proponerse hacerlo. Al menos, sin querer hacerlo del todo.

Souto se enderezó en la silla.

—Yo quise meter el gol con la cabeza y lo metí con la cabeza —afirmó.

El periodista iba adquiriendo seguridad. Acarició su nariz con la punta del lapicero.

—¿Y si en el instante de rematar su mano quedó entre su cabeza y el pelotón? No entiendo mucho de fútbol pero creo que estas cosas pueden ocurrir.

—Pelotón lo llaman los panolis —rió Souto.

—Mi especialidad es el ciclismo, no sé por qué me eligieron a mí... ¿Ninguna duda? ¿Ninguna?

—Al acabar los partidos no se vuelve a pensar en patadas, empujones, insultos y manotazos... Te elegirían por tu cara, que no asusta.

—Hay fotos —anunció suavemente el periodista.

—¿Fotos? —repitió Souto.

96

En las manos del periodista aparecieron cuatro. Souto tardó en tomarlas. Las examinó una a una con gran interés. Se vio a sí mismo en pleno salto, emparedado entre dos blancos, el balón inmóvil pero volando a centímetros de las cabezas de los tres, lo mismo que su brazo al aire.

—Cualquiera de esas tres cabezas pudo darle al pelotón... incluyendo su mano —dijo el periodista—. Carecemos de la instantánea siguiente, la de la décima de segundo siguiente. Respeto su palabra, Souto, pero debe admitir que surgen dudas.

Souto arrojó las fotos sobre la mesa al tiempo que soltaba una carcajada.

—Ahora va a resultar que a lo mejor no metí yo el gol. ¿Quieres que te diga que en el fútbol salen más carambolas que en el billar? Pues te lo digo. Quieres mandar el balón a la cabeza de un compañero y se la mandas al pie o contra sus huevos. Quieres colarlo por la derecha y te aparece por el centro. Y los envíos con la cabeza son más inseguros que con los pies. Y, bueno, te querría ver yo en el ajo de un córner, un montón de gente luchando a brazo partido en una baldosa, arreándose patadas y empujones, saltando para alcanzar la pelota con la cabeza o con lo que sea...

—Con la mano, por ejemplo —apuntó el periodista con mirada traviesa.

—¿Por qué no? —exclamó Souto quedando colgado de su asombro.

El periodista esgrimió el lapicero para escribir en su libreta. Hasta entonces no había anotado ni una sola palabra de la entrevista. Souto se puso en pie de un salto arrastrando la silla.

—Ese gol se metió con la cabeza y esa cabeza fue la mía. No me vengas con fotos de romería. Llévatelas a Madrid y que os aprovechen.

A Souto aquel verano se lo diseñaron otros. No veía el modo de llenar el vacío dejado por jornadas de albañil de nueve y diez horas o los entrenamientos. Con la novia solo estaba las fiestas, excepto el día de entresemana que tocaba piso. Proyectó pintar la casa por dentro y por fuera y alguna compostura más, todo pendiente desde años. También se acordó de las pescas en la playa. El verano empezó a írsele de las manos días después del banquete-celebración del Athletic. Acababa de salir de La Venta a hora avanzada y oyó pasos a su espalda en la carretera. Eran de quien había estado llenando vasos a la cuadrilla.

—¿Me he largado sin pagar alguna ronda? —se cabreó Souto.

—Tranquilo, todas cobradas. Te hablaré de un negocio.

Era Remigio Ermo, de los Ermo de La Venta, el clan que la regentaba desde tiempo inmemorial por ganar todas las subastas municipales cada seis años.

—No son horas de negocios —replicó Souto con los puntos del paisaje imprecisos.

—Una tienda de deportes —soltó Remigio Ermo.

Souto lamentó que su casa no estuviera más cerca.

—No me vengas ahora con jeroglíficos —gruñó apretando el paso.

El Ermo dibujó con gestos un gran rótulo en el aire.

—*Souto, lo mejor en deportes.* Dinero en el bolsillo. Tengo una lonja vacía en Algorta. Al cincuenta por ciento. También podríamos abrir una taberna. Fútbol y vino hacen buenas migas en un negocio.

—No entiendo de negocios.

—Yo entiendo por los dos.

Souto giró el cuello para mirarle detenidamente. «No tiene ni veinte años y me habla de experiencia comercial.» Pero se trataba de un Ermo, los mayores marrulleros de Getxo. Creyó tener una brillante idea y poco faltó para pedirle un piso. Rectificó a tiempo. Había un código no escrito previniendo contra los Ermo. «Seguro que me vendería el piso de otro.» Alcanzó su puerta y desapareció sin despedirse.

Una tarde Cecilio llamó a su hijo desde una ventana que daba a la huerta.

—Sube, que aquí te buscan.

Souto estaba claveteando en el cuchitril de las seis gallinas. Le esperaban cuatro vecinos nerviosos.

—Los de Getxo queremos fundar la Peña Souto y a ver qué te parece —le propusieron.

Souto había llegado limpiándose las manos con un trapo y lo siguió haciendo mientras los contemplaba y solo se le ocurrió decir:

—¿Y si la temporada que viene no meto ningún gol?

Sonaron cuatro carcajadas.

—Tampoco los defensas y los porteros meten goles y tienen sus peñas.

Ahora fue Souto quien rió.

—Pues allá vosotros. Pero yo no sé soltar discursos. Se estrecharon las manos sellando el pacto.

—Ahora vamos a abrirles la iglesia a esos.

—¿A quiénes vais a abrir la iglesia? —preguntó Cecilio desde la puerta del comedor.

—Ambrosio y los demás ya venían camino de esta casa, pero don Pedro Sarria los ha llevado engañados a la iglesia y allí los ha puesto bajo llave. Querían fundar su Peña Souto y se nos adelantaban.

—Y cuando les abran la puerta y vengan aquí, ¿qué les digo? —preguntó Souto.

—Ya no vendrán, en Getxo solo puede haber una Peña Souto y ellos lo saben. Souto Menaya no tiene más que una palabra y nos la ha dado a nosotros.

En agosto se celebró la solemne fundación con una gran chuletada en La Venta, sede en adelante de la Peña Souto. Husmearon por allí algunos pájaros negros con pistola que amargaron las efusiones en los postres. Remigio Ermo no perdió la ocasión de acercar su bisbiseo a la oreja de Souto recordándole su propuesta de asociación. No fue el único aquel verano en hablarle de industrias inspiradas en el polo de atracción de su nombre.

Un día lo llevaron, con un par de compañeros de equipo, a la Santa Casa de Misericordia a divertir a niños enfermos y repartir camisetas, en una visita organizada por el Athletic. Otro día, al sanatorio de Górliz a lo mismo. Tampoco le faltaron inauguraciones de obras públicas con alcaldes.

Pero el único pensamiento de Souto se centraba en el piso. La pareja lo perseguía en periódicos, en rumores volanderos o debajo de las piedras. Se resentían sus cuellos de localizar señales blancas en ventanas y balcones. Visitaban dos por semana y nunca en el mismo día, una forma de duplicar la fiesta. Bastaba que el gran Souto pidiera a los propietarios un contacto a solas con la vivienda para disfrutar de un tiempo celestial. El anochecer de los domingos la arena de la playa sustituía a los entarimados. La consecución de un piso se iba retrasando por un hecho sistemático: piso que visitaba Souto, piso que subía de precio, incluso para él.

Fue un verano trepidante y glorioso y jamás habría otro semejante en el futuro. En el primer partido de la nueva temporada a Souto le arruinaron su pierna. El defensa que sacó la guadaña explicó con encomiable sinceridad: «Yo no salgo al campo a hacer amigos».

El Athletic Club tenía una iguala con la clínica y Souto ocupó una habitación individual. Como el escenario del accidente había sido San Mamés, Irune lo esperó inútilmente aquella tarde. El lunes llegó a la casa de las barreras con la burra y las cacharras y el ceño hosco. El novio jamás le había hecho tal desplante. Alzó la vista a la ventana especial y sus hojas cerradas no le proporcionaron ninguna información. Tampoco bajó él al portal con el puchero, ni Cecilio, quien le habría aclarado algo. Trató de leer inútilmente en la máscara de Socorro: solo advirtió un temblor en la leche del puchero cuando se lo llevó. Avivó el reparto y pudo regresar a la casa una hora antes del mediodía. Cecilio bajó a darle la noticia.

—Está roto. En cama —le anunció sin voz.

Irune saltó de la burra para lanzarse escaleras arriba hacia el nunca hollado hogar del novio. Cecilio la frenó.

—No en su cama sino en una de la clínica de Bilbao. Me avisaron ayer y he pasado la noche a su lado. Le están sacando placas.

—¿Muriéndose? —exclamó Irune.

—Lo que tiene no es cosa de muerte sino de fútbol.

—¡Quiero verle!

Quedaron para una hora después allí mismo. Irune puso la burra al trote y Cecilio se dispuso a contárselo a su mujer. La encontró realizando los trabajos de casa con una lentitud desconocida. «Sabe que pasa algo gordo.» Se interpuso en sus desplazamientos.

—Nos han mancado al hijo, mujer.

Los dos hombres de aquella casa nunca llegarían a saber con seguridad si la mujer se enteraba de las cosas por el lenguaje de las palabras o de los rostros. «Ya tiene dentro lo de ahora», pensó Cecilio cuando a Socorro se le cayó de las manos una jarra de barro de *txakolí* y se estrelló contra el suelo. Cecilio la besó en la boca y condujo al dormitorio una figura demasiado dócil, pero no pudo acostarla. La mano de la mujer tomó con ternura un soporte de cristal con la foto del hijo y se sentó con ella en el borde de la cama, sin mirarla.

Aunque Cecilio había regresado poco antes a casa a dormir, viajó con Irune para facilitarle las cosas en la clínica. Respondió a todas las preguntas que le hizo sin conocer las entrañas del caso. Habían ingresado a Souto Menaya en una habitación de un blanco que intimidaba. Ya antes atravesaron en el pasillo grupos de gente del fútbol y periodistas que aún no habían visto al lesionado. Rodeando la cama se encontraban el presidente del Athletic y tres directivos, uno de ellos el calvo.

—Es su novia —susurró Cecilio.

Los cuatro reconocieron que era una rubia con muy buena planta. Aunque su cabeza estaba en otra parte, Irune no dejó de asombrarse cuando cuatro manos agitaron la suya en fuga hacia la cabecera del lecho.

—¿Qué tienes, dónde te duele?

La pregunta quedó flotando en la habitación como

la cosa más tonta. Souto consiguió extraer una sonrisa de su rostro crispado.

—No me duele —mintió.

—Quiero ver dónde tienes el dolor —insistió Irune—. Quiero ver esa parte.

—Esa zona es ahora de dominio exclusivo del doctor, señorita —dijo el directivo calvo.

Irune sintió que le robaban al novio. Había recorrido con la mirada lo que se veía de él y ahora quería ver lo escondido bajo la manta. Se tranquilizó a medias al pensar que no lo habían traído de la guerra o de un penal sino de San Mamés, donde no podían ocurrir cosas demasiado graves. Y, sobre todo, que aún podía sonreírle. Sin embargo, sus manos titubeantes fingieron tensar la cubierta de la cama a fin de palpar el cuerpo y comprobar que estaba entero. El directivo calvo le acercó una silla.

—Mejor si te sientas —pudo decir Souto a su novia, y en ese momento le asaltó por primera vez el torvo presentimiento de que nunca le podría ofrecer nada más. A pesar de que acababa de proponerse no servir a los presentes un solo mimo de enamorado, sacó el brazo de la manta para coger con su mano la que le buscaba.

—¿Qué pierna?, ¿la derecha o la izquierda? —preguntó Cecilio a dos pasos de la cama.

—¿Qué importa cuál? —exclamó Souto. Pero añadió—: La derecha.

—Mala suerte, muy mala suerte —suspiró el presidente.

104

—¿Oíste un ruido, crac, de hueso roto? —preguntó un directivo alto como un poste.

Irune se cubrió la boca con la mano.

—Sería alguien que partió una rama seca —dijo Souto.

—¡Fue una entrada criminal! —se exaltó el presidente—. Con los tacos por delante y apuntando a la rodilla.

—Son cosas del fútbol —dijo el directivo alto—. Unas veces te toca dar y otras recibir.

—Curaremos a Souto Menaya —aseguró con calor el presidente, robándole la mano a Irune y estrechándosela con calor—. El Athletic nunca abandona a sus hijos. ¡Y a ese bestia habría que fusilarlo!

Se abrió de golpe la puerta y entró un médico entronizado al frente de una cohorte blanca. Avanzó a paso deportivo apartando visitantes hasta la muestra a estudiar. Una enfermera retiró la silla de Irune, a ella misma y esperó termómetro en ristre a que el jefe formulara la pregunta: «¿Cómo se encuentra nuestro famoso?», y el enfermo mintiera: «Bien», para embutirle la varilla de cristal en la boca. Otra enfermera volteaba la manta para descubrir la pierna derecha. El enfermero que sostenía el cartapacio con una hoja reglada anotaba las revelaciones que el médico detectaba en ojos, cuello, muñecas, pecho, garganta y en el escrutinio táctil de unos huesos sorprendidos. Souto no se avergonzó de exhalar algunos gemidos hacia dentro. Irune no fue consciente de ser la portavoz del grupo:

—¿Cuándo podrá levantarse y andar?

El médico se enderezó hasta parecer más alto, tosió en hueco y dijo:

—¿Te refieres a correr y dar patadas a las piedras? Desde hace unas horas este muchacho es un mero artefacto roto. Con esta radiografía y la exploración de ayer, seguramente tenemos, a falta de más pruebas, una fractura de fémur distal supraintercondílea con desplazamiento de epífisis y neurotmesis de nervio ciático. ¿Evolución? Podemos esperar lo peor. Enyesaremos y a esperar el milagro.

—Los estuches de yeso suelen operar milagros —sentenció el directivo calvo en tono misterioso.

—Será el milagro de la Virgen de Begoña —dijo el presidente.

—Pero sin coro de ángeles —dijo el médico—. Siete u ocho meses.

—¡Ocho meses! —se espantó Irune.

Hubo sonrisas y el directivo calvo aseguró:

—También el Athletic lo echará de menos.

—Volveré a ser el de antes —habló Souto por primera vez, sin creérselo y mirando solo a Irune.

En las siguientes dos semanas Cecilio e Irune se alternaron en las visitas y llegaron a conocer a todos los compañeros del equipo. Hasta la mañana en que la lecherita tocó la aldaba y el padre le anunció:

106

—¡Hoy nos lo traen!

—¿Lo sabe Socorro?

—La muy bruja lo sabía ayer tarde a mi vuelta de la clínica.

Irune movió la cabeza de un lado a otro.

—Es imposible.

—Juro que lo sabía al abrir yo la puerta de arriba. Es que subí las escaleras de dos en dos y con escándalo. Casi la atropello porque allí estaba plantada. Me miró a los ojos como si no me mirara y se fue pasillo adelante. «¡Nos traen mañana al hijo, mujer!», le grité. Rebotó en su espalda.

El gran triunfo de Irune aquella mañana fue regresar del reparto justamente cuando descargaban a su novio de la ambulancia. Solo recibió de él una mirada sin recado. Depositaron su cuerpo en el viejo sillón del comedor y su pierna embutida horizontal sobre un banquillo. Cecilio revoloteó a su alrededor sin centrarse en una tarea e Irune atacó resueltamente el trance deslizando sus manos por el sarcófago horripilante.

—¿Cómo le llaman ellos a esto? —preguntó.

—Yeso cerrado —contestó Souto sin mirarla.

—Yo haré que te parezca abierto y blando —cantó ella sin apenas voz.

Souto dio suelta a la desesperación acumulada en los últimos días.

—¡Es cemento duro que abrirán con un cincel cuando me vayan a cortar la pierna!

«No habla él», pensó Irune retirando sus manos del sarcófago como si quemara. «Los médicos no cortan piernas sanas por muy rotos que estén sus huesos.» Tranquilizada con este pensamiento, preparó su paciencia para la larga prueba que le esperaba.

Souto había descubierto que era la pierna izquierda, la sana, la que le dolía. Había allí dentro un estilete itinerante que realizaba perforaciones internas de la cadera al tobillo. También creía saber que los dolores se despertaban en las visitas de Irune. El descubrimiento lo confundió y se lo guardó para sí. El fenómeno se había repetido cuando lo sacaban de la ambulancia y apareció la novia. Se hallaba tan hundido que la sintió a su lado como una extraña.

Los desplazamientos del sillón realizados por Cecilio marcaron las estadías de Souto en diversos puntos de la casa a lo largo de los meses siguientes. Siempre eran atalayas con vistas a la calle, dos ventanas y un balcón, desde los que Souto creyó desenmascarar un Getxo inédito. Sorprendió por primera vez secretos de vecinos que nunca revelaría. Tuvo esta connivencia por el más cierto presagio de haber quedado al margen de la vida. Era preciso acumular horas interminables de indiferente vigilancia tras los cristales para saber que la jovencita de la casa al otro lado de la carretera no se asomaba a la ventana para ver el tiempo, sino que lo hacía una y otra vez para no perderse el único pase diario de un apuesto y desajustado repartidor de prensa; para detectar que lo más atractivo del ferrocarril no era el trepidante ir y venir de los convoyes cada media hora sino su ausencia, esos treinta minutos de reposo; para justificar a la solterona de sesenta años que no subía a su ama a tiempo el pan para las sopas del desayuno, pues sus viajes a la panadería los marcaba el cartero que no acababa de traerle la carta imposible del novio que marchó a América treinta años atrás y no había regresado.

—Mira dónde estás —le dijo un día Cecilio pasándole unos papelitos rojos. Souto los recogió con aburrimiento. Eran cromos en color de jugadores de fútbol. Se vio a sí mismo en el cromo que Cecilio le señalaba con el dedo—. Me los ha dado el caramelero de la escuela. Salen tres en cada sobrecito y se pegan en un libro. Los chavales andan locos.

Él mismo parecía estarlo de contento al recoger del suelo los cromos que creyó se le habían caído al hijo.

—Que no les mientan, que saquen de ese museo al muerto —roncó Souto.

—¿Te leo lo que pone de ti? Podían haber hecho más grande estas letras... Bueno. Pone que metiste el gol de la Copa. No les ha dado tiempo a poner lo de tu lesión, pero en los cromos del año que viene pondrán que ya has vuelto al equipo. Seguro. —Cecilio se aclaró la garganta al cambiar de expresión—. Es imposible que se te acabe el Athletic, con lo que te costó llegar. Me despierto por las noches, me siento en la cama y me pregunto si es verdad que tengo a mi pequeño Souto en el Athletic.

Souto se encontraba demasiado sumergido en el presente para regresar a su infancia. De sus dolores de ambas piernas el único que le atormentaba era el de la izquierda. Un dolor tan diferente, tan limpio, que lo eligió como confidente. Le inspiraría el mejor futuro a tomar, un futuro del que estaría ausente Irune. «A ella no la han roto. Que se salve.»

—¿Te duele, hijo? —La pregunta de su padre le sobresaltó—. El único peligro del yeso es la jodida pulga que se queda dentro.

Souto entendió la frivolidad a que invitaba su pierna derecha.

—Médicos y médicas han estado entrenándose conmigo —envió compasivamente a su padre.

Como desprendido de la lógica, se implantó en el noviazgo un nuevo comportamiento. Socorro no tenía que acudir con el puchero a la llamada matutina, pues Cecilio entornaba previamente las puertas de arriba y abajo amparándose en la puntualidad de la lecherita, quien cargaba con la cacharra hasta el piso y Socorro ni siquiera le salía a la puerta sino que la esperaba en la cocina sentada, rara actitud en una sonámbula, y se ponía en pie con el puchero ya lleno y procedía a hervir la leche, y todo sin haber mirado a la chica ni una sola vez. Y entonces Irune podía empaparse de Souto un rato todos los días, aunque nada era como antes. Podía asegurarse que era ella la única que hablaba.

En las primeras semanas de aquellos largos nueve meses Souto constituyó un foco de peregrinación. A las 72 horas, al día siguiente del cambio a yeso cerrado, el presidente y el directivo calvo conocieron el hogar del gran muchacho. El directivo quiso ver a su madre y Cecilio fue por ella y la trajo con una sarta de cebollas en la mano.

—Mucho gusto en conocerla, señora —dijo el directivo estrechando su mano con las dos suyas—. Y gracias.

—Las cebollas no eran para usted —tartamudeó Cecilio.

—Gracias por el bebé futbolista que trajo al mundo la señora —aclaró el directivo sin mover un músculo.

El presidente se inclinó para tamborilear con sus dedos contra el yeso y aplicar la oreja.

—¡Buen trabajo! —exclamó—. Los médicos vascos son los mejores. Para Navidad... ¡a calzar botas de nuevo!

Souto sintió un golpe en el estómago al ver a su padre llegar ante el presidente y musitarle con ojos de cordero:

—¿Usted cree?

—Simple deseo que encierra muchas cosas —sonrió el directivo calvo. Se volvió a Souto—. Estamos para ayudarte en todo, somos tu otra familia. Te ayudará a soportar estos meses difíciles saber que nos tienes a tu lado.

—Lo mejor será que me compren otra pierna —murmuró Souto mirando al techo.

Los tres hombres acogieron aquella desolación con

su silencio. Cecilio aplastó con ambas manos sus cabellos grises.

—No le hagan caso, sabe que se curará —exclamó.

—Vamos, vamos —se removió el directivo calvo—. Los huesos del fútbol siempre se llevaron bien con el yeso.

—Hemos recuperado a muchos chicos —juró el presidente agitando la cabeza de arriba abajo.

«Muchos», repitió Cecilio. «¿Por qué no ha dicho todos?» Acercó a los visitantes las sillas que aún no les había ofrecido. «No pueden marcharse sin arreglar lo que han dicho.»

No hubo ocasión. El presidente palmeó la espalda de Souto.

—Aún te queda una temporada de cobrar tu sueldo. Y recuerda que los partidos que ganen o empaten tus compañeros los cobras tú también. Cuando te pongas bueno firmaremos un segundo contrato.

El directivo calvo tomó delicadamente su mano para estrechársela con intensidad.

—Piensa mucho en esa guapa chica y se te hará más corto.

También aparecían por allí Petaca y otros amigos de La Venta. Y sus antiguos compañeros de andamio. El hueco entre visita y visita fue creciendo con los meses, y el descalabro final interrumpió casi apaciblemente unos encuentros que la amargura de Souto hacía cada vez más abruptos.

—Parece otro —se comentaba en La Venta.

—¿Cómo no va a parecer otro, el pobre? —vociferaba Petaca—. ¿Cómo estarías tú? La verdad es que nos lo han jodido.

A Irune también le parecía otro. Por encima de la casi ausencia de palabras, incluso de besos, echaba de menos aquellas inolvidables miradas que la arropaban y desnudaban. Perseguía las expresiones por toda la cara del novio encontrando solo arrugas. Al cabo del tiempo de estar visitando a un muermo, le dijo:

—Piensas que el mundo se ha acabado, pero yo creía que aunque el mundo se acabara me seguirías queriendo.

Una desenterrada ola de amor invadió a Souto.

—Te quiero —exclamó solo para ella.

Irune ahogó un sollozo.

—Ya no sabes lo que es eso. Pero gracias por decírmelo, por haber hablado, por oírte cualquier cosa. Porque nada más llegar parece que me estás señalando la puerta. Te dejaría en paz si a cambio me dijeras por qué me tratas como a una extraña.

Pareció que Souto realizaba una exhibición física de lo mucho que le costaba hablar.

—Siento lo nuestro tan roto como mi pierna. Tienes delante a un inválido de por vida. ¿Es que no lo ves? Un día seré tan pobre que ni siquiera te podré pagar la leche.

A Irune le costó palpar lo que se escondía tras aquella simpleza.

—¡Por la Virgen de los Desamparados! —exclamó—. Te arreglarán y seguirás jugando. ¿Y qué, si te queda una elegante cojera como la de Helbert Marshall? El fútbol no es la única mina de oro, hay más trabajos en el mundo. En cualquier caso, yo soy de caserío, soy una burra de carga y arrearía con los dos.

Al punto se arrepintió de haberlo dicho. Nunca imaginó que su novio allí postrado como un tronco pudiera quedar aún más paralizado y para siempre. Transcurrieron minutos uno a cada lado de un muro insalvable. Lo más duro para Irune fue contemplarle perfectamente acomodado en su silencio. Eligió con pavor las palabras responsables de la supervivencia de su amor:

—Entiendo que dentro de ese yeso blanco lo veas todo negro. —Recordó la frase de una película—: Pero saldrá el sol. Ya verás como sale el sol para nosotros, no tiene más remedio que salir —concluyó con un nudo en la garganta.

Un martes de sol tardío Cecilio eligió el balcón abierto para matar la tarde. Instaló el sillón contra los hierros a fin de que el cilindro de yeso saliera de la casa el mayor cacho posible.

—Si quieres algo estoy por aquí —le dijo al retirarse.

Souto ni siquiera emitió un gruñido de entendimiento. Llevaban seis meses de una rutina silenciosa que había desplazado a las palabras y las de Cecilio sonaron tan inútiles que hasta el amorronado Souto entreabrió un ojo. «¿En qué anda el viejo?, ¿chochea de aburrimiento?», pensó, para olvidarlo al punto. Dudó entre coger o no el periódico de la mañana que aún no había empezado a leer, pero un ruido de la calle le hizo alargar sin interés el cuello. Frente al almacén de la cooperativa de piensos un hombre lloraba. Tenía el carro y el caballo sin atar a la gran argolla de la pared. El llanto había estallado al empezar a hablar al grupo de gente que le rodeaba. Se llamaba Juan y era de los que tenía un hijo preso desde la guerra. «Se lo han fusilado», pensó Souto. Dos mujeres lo sentaron en un escalón de piedra y se quedaron con él mientras tres hombres le cargaban seis sacos en el carro. Luego los cinco lo siguieron acompañando en su retirada carretera adelante. Cecilio asomó la cabeza por la puerta del comedor al oír exclamar sordamente a su hijo: «¡Franco, cabrón!». Al comprobar que no se había caído se alegró de volver a verle vivo por una vez.

Poco después a Souto le llegaba ruido de golpes y raspaduras sobre madera, pero no se preocupó de identificarlos.

Le sobresaltó el escándalo de los niños huyendo de la escuela. Era una música que nunca le había desagradado hasta que tuvo conocimiento de la existencia de los cromos. Sin alargar ahora el cuello, más bien echándose hacia atrás para esconderse, asistió con los ojos cerrados a sus correrías endemoniadas. Los adivinó deteniéndose donde el caramelero para comprarle cromos. Se hacía un relativo silencio mientras rasgaban los sobrecitos y fichaban los monigotes. Seguía el alboroto del trueque —«¿Tienes a Souto Menaya?», fue la única pregunta que se clavó en Souto— y la dispersión hacia casa en busca de los álbumes donde pegar sus nuevas adquisiciones. Souto temía a los grupos que pasaban bajo su balcón. Se alzaban las caritas para mirar hacia arriba cuchicheando con un embobamiento que le sacaba de quicio, pues la mayoría sabía quién vivía allí y lo pregonaba. El desfile era más nutrido cuando les salía el cromo de Souto Menaya. «Por si en la escuela no les atontan bastante con el *Cara al sol,* ahí tienen otra engañifa.» El escenario recuperaba su paz con la desaparición de los niños. Excepto uno. Se sentaba en un mojón al otro lado de la carretera y apenas permanecía más de cinco o diez minutos mirando la casa. Souto no se atrevía a reconocerse en aquella figurita ensimismada.

Aquella noche, después de cenar y de dar a Socorro un beso en la frente, cuando Cecilio lo transportó a la cama, Souto advirtió que su padre hacía algo nuevo.

—No está de más tomar precauciones por si alguien asalta nuestra choza —le oyó.

—¿Por qué nos paramos para cerrar la puerta?

—preguntó Souto con su brazo izquierdo rodeando el cuello de su padre.

Dentro del dormitorio y con la puerta ya cerrada, el brazo de sostén de Cecilio, el derecho, hizo girar a su hijo ciento ochenta grados, enfrentándolo a la puerta. Y con la mano izquierda pulsó el botón de la luz y luego hizo correr un pequeño pestillo que jamás había estado allí.

—Nunca se sabe —suspiró.

—¿Qué es lo que no se sabe nunca? —preguntó Souto.

—Sorpresas desagradables..., malas personas..., un maleante... o dos. A lo mejor gente hambrienta que solo viene a robar patatas. ¡Con el hambre que anda por ahí después de la guerra! Es mejor tomar medidas.

—No hay patatas bajo mi cama.

—Es lo que no sabe el ladrón... ¿Y quién nos dice que un día mi hijo no se enfurruña con sus padres? Pestillo al canto y aquí nadie entra. —Cecilio carraspeó y miró al techo—. Uno también puede encerrarse para hacer otras cosas. O pueden cerrarse dos para que no les molesten los de fuera.

La percepción de Souto no pasaba por su mejor momento. Tardó en subirle una sospecha de lo profundo del yeso.

—Échame en la cama y arranca ese jodido trasto de la puerta —ordenó.

—No ha sido cosa de Irune, aunque yo se lo leía en la cara. Cualquiera puede ver que estáis yendo guardabajo.

—Es cosa nuestra.

—No, es cosa tuya.

Souto se arrancó de su padre y se lanzó a un breve viaje de saltitos sobre su pierna libre y consiguió alcanzar la cama. Cecilio seguía de cara a la puerta por no traicionar su propia idea del pestillo.

—Ya no podéis bajar a la playa por las noches —dijo con media boca—. Te diré una cosa, hijo: yo también bajaba. La playa es el aliviadero del pueblo.

Souto nunca le había oído a su padre aquella confesión y quedó suspenso. Era muy capaz de vestirse y desnudarse solo, nunca pedía ayuda, aunque no era fácil librarse de Cecilio. Este dio la espalda a la puerta para soltar una de las verdades del barquero:

—Las parejas que prueban el dingue solo lo dejan por un terremoto.

Souto no tuvo más remedio que darle la razón, pues lo que Irune y él tenían encima era un terremoto. Uno de los momentos que siempre esperaba Cecilio era el arropar a su hijo. Lo añoraba desde que su niño creció.

—Mañana, fuera ese pestillo —dijo Souto—. O lo quito yo.

—Ea, a dormir.

Cecilio habría deseado añadir «y que sueñes con los angelitos».

Ahora Souto dormía siempre boca arriba por no sentir el yeso encima o debajo. Al apagar la luz con la perilla de la cabecera su padre se le había adelantado.

—Ya es bastante con que se joda uno —gruñó Souto.

Cecilio ya estaba en la puerta entornándola.

—Aquí no se va a joder nadie —aseguró con un hilo de voz—. Esa pierna saldrá adelante. Los médicos no habrían gastado su yeso.

—Ellos no saben qué pasa dentro de esta funda y yo sí. —Cecilio no se atrevió a preguntar qué cosa pasaba—. Mis huesos rotos ya no son de hueso sino de gelatina.

—¿Cómo lo sabes?

—Me lo cuenta la pulga que dejaron dentro.

Cecilio hizo sonar el picaporte como un pregonero alertando con su corneta.

—El domingo me llevo a tu madre de paseo y así os sobra el pestillo.

—No cuentes con ama, es menos payasa que tú.

—Hijo, no conoces a tu padre. La llevo a la playa y a lo mejor tenemos milagro.

Aquel domingo Cecilio no cumplió su promesa de dejar la casa sola para los novios. Además de su breve visita diaria a Souto aprovechando el viaje con la leche, Irune pasaba con él las tardes de los domingos y fiestas. Pronto comprendió que no eran encuentros de novios sino visitas a enfermo. También la desoló el hundido estado de ánimo de Souto.

—Piensas demasiado, no le des vueltas y vueltas a la cabeza —le decía—. Tanta mala suerte no puede durar y vendrá la buena.

—¿Has ido a la echadora de cartas?

—Yo no creo en cartas. Le tengo hecha una promesa a la Virgen de Begoña.

—Ya salió la Virgen de Begoña. Crees en ella.

—No estoy segura, pero tengo que rezar a alguien. A lo mejor no le rezaría si tu Athletic no creyera en ella.

Acababan de sostener un diálogo, por seco y mísero que fuera, e Irune alcanzaba altas cotas de felicidad cuando se retiraba con uno así en su cosecha.

Un par de domingos después se presentó con su hermanito.

—Le he tenido que adivinar que deseaba venir porque él no se atrevía a decírmelo.

Souto se preguntó si Andrés era tonto. Sintió la mirada de los ojitos negros clavados en él como alfileres que seguramente no le veían. Sus tobillos con calcetines eran el arranque de unas piernecitas de alambre que sostenían de milagro su cuerpo.

—No hay que llevar a los niños a ver calamidades —dijo Souto.

—Tú no eres una calamidad —protestó Irune con las lágrimas a punto.

Souto hizo una seña a Andrés para que se acercara.

—¿Cuántos años tienes?

—Cinco —le llegó la vocecita.

—Sí, claro, cinco —murmuró Souto con desfallecimiento—. Todos tenemos alguna vez cinco años. Toca —le ordenó señalándole el yeso.

El niño se movió antes del empujón de su hermana. Al principio solo apoyó la punta de sus dedos en la inhóspita coraza. Souto hizo un esfuerzo de cintura para dirigir la manita abierta contra la realidad de la vida, aplastándosela con la suya.

—Chico, esto también es el fútbol —deletreó—. Que se te quiten las telarañas de los ojos.

Souto regresó a su postración de meses con un rastro de agotamiento en la frente. Irune tomó a su hermano por los hombros y pareció rescatarlo de una mala compañía.

—¿Qué te pasa? —Parpadeaba nerviosamente—. ¿Es que nunca fuiste niño? A un niño no se le debe robar una ilusión a batacazos. Ahora ya somos dos, lo que no deja de ser un consuelo para mí. ¿Y sabes lo que te digo? Que esta criatura te ve como al chico bueno de las películas atado al poste del tormento de los indios. Y si en vez de tener solo una pierna averiada hubieras chocado contra una portería y caído muerto, para él serías el dios Souto... De todas formas ya lo eres.

A Souto le asaltó de pronto un pensamiento.

—¿Colecciona cromos de futbolistas?

—Todos sus chines se los gasta en eso.

—Llevadlo al médico.

Irune necesitó tomarlo a broma.

—Tú sí que necesitas un médico de la cabeza.

Cuando te vuelvan a la clínica les diré que no te miren tanto por abajo sino del cuello para arriba. —Asomó a sus ojos un brillo juguetón—. Te tiene varias veces repe y esos no los cambia por nada del mundo. Además la casilla de Souto Menaya está llena con cuatro cromitos uno encima de otro.

Souto se volvió al niño, que enrojeció.

—¿De dónde sacas tanto dinero para tanto monigote?

—De la paga que ama le da y él gasta a la salida de la escuela.

—¿Qué escuela? —Souto no se explicó por qué se alarmaba.

—La de tu barrio. Entre unas cosas y otras vuelve a casa más tarde.

—¿Qué cosas?

—Le gusta quedarse un rato dando vueltas por aquí.

Souto cerró los ojos y en la oscuridad volvió a ver al mocoso que se sentaba ante su casa. No le resultó fácil preguntar:

—¿Verdad que no solo das vueltas, chico? —Pero no lo tomó por una flaqueza. Inhaló aire profundamente y comprendió que él mismo necesitaba una tregua. Miró abiertamente a Irune—. Pronto volveré a manos de los batas blancas y abrirán mi nueva piel y a lo mejor esta mierda ha servido de algo. ¿Por qué no? Di tú también «¿por qué no?».

—Lo vengo diciendo desde el primer día —aseguró ella temiendo estropear algo. Se acercó a Souto a darle un beso de novia, y se lo dio sin impedimentos, y se llevó a su hermano hacia la puerta después de poner en manos del resucitado un buen trozo de bizcocho casero. Cerró sin ruido la puerta a sus espaldas para no espantar al ángel que les había visitado.

La lecherita parpadeó muchas veces la mañana en que se topó en el portal con Socorro y su puchero. «Ayer no me avisó el muy...», se dijo. «¿Por qué no me dijo que le tocaba clínica?» La inquietud le hizo verter parte de la leche sin que se inmutara la mujer que tenía delante. Nunca como entonces deseó establecer con ella una comunicación humana. La necesidad le hizo esta vez esperar algo de aquel rostro de estatua. Solo fueron segundos. Desistió antes de que Socorro le diera la espalda para tomar las escaleras.

Vivió un amargo reparto. Acarició la idea de presentarse en la clínica, pero la rechazó con un último resto de orgullo. «Es su pierna la que necesita ayuda, no él», pensó, «pero una y otro están encolados.» Los dos mensajes mudos que recibió de la sonámbula al día siguiente y al otro a punto estuvieron de romper su decisión: solo pudo volcar en el puchero dos medidas en vez de las tres habituales, pues Socorro cortó bruscamente la operación dándose la vuelta. «Hoy tampoco estará ninguno de los dos, Cecilio se lo habrá hecho saber de alguna manera.» Y lo mismo el tercer día. «Al menos, si no traen su cuerpo es que está vivo.» Con esta esperanza afrontó el cuarto día. Esta vez fue el propio Cecilio quien bajó con el puchero. Irune no habló sin antes leer en la serenidad de sus ojos:

—Está arriba, ¿verdad?

—Está bien. Bien. Tranquila.

Cecilio tosió y adelantó el puchero.

—Aunque esté cansado por todo lo que le andan, quiero verle. Sería un momento.

Cecilio no sabía qué hacer con el puchero vacío.

—No, no puede ser —arrastró penosamente.

—Qué tontería. Él está arriba y yo estoy aquí y...

—No puede ser. No quiere.

Irune reaccionó con brío.

—Llevamos meses sin que él quiera verme, o creyendo que no quiere verme, pero voy a su lado. Me necesita.

—Ahora es distinto —gruñó Cecilio dejando caer el brazo con el puchero. Estalló sin dar tiempo al turno de Irune—: ¡Te echa, manda lo vuestro a paseo!

—y cayó sentado en el primer peldaño.

—¿Cómo está su pierna?, ¿cuándo tiene que volver?

—Nunca. Todo se acabó, su pierna y lo vuestro.

Irune pasó a su otra mano el cubilete de medir, llegó ante Cecilio y le enderezó el puchero, en el que vertió las tres medidas. Depositó la cacharra en el suelo, arrancó a Cecilio el puchero y emprendió la subida. No pasó del tercer peldaño. Unos toc-toc secos y trompicados llegaron de arriba y hasta Cecilio se levantó para ordenar:

124

—¡No bajes, te vas a matar, aún no sabes manejar ese trasto!

Lo primero que advirtió Irune es que su novio bajaba en calzoncillos. Lo segundo, no sus piernas desnudas sino un pingajo oscilante chocando contra una muleta. Solo la parte más silenciosa de su garganta emitió un tenue gemido interminable. Los toc-toc se habían detenido cuatro peldaños por encima de su cabeza. Aquella pierna tenía un color ceniciento, estaba descalza y su rodilla semejaba un bulbo vegetal. Irune ascendió los peldaños precisos para arrodillarse en uno, acariciar con sus manos aquella bola pulida y besarla. Souto giró torpemente la cintura para retirar la pierna a un lado.

—Nada me apartará de ti. ¿Cómo nos va a separar una cosa tan tonta? —se vació Irune.

—No te oye, no oye a nadie —dijo Cecilio intentando levantarla.

—Sí que me oye. ¡Solo pido que me hable!

—Tampoco habla, por eso ha bajado a que le veas así, para no tener que hablarte. Vive en un infierno y no quiere que tú te quemes.

Cecilio no había logrado levantarla, se le escurría entre las manos. Volvió a sonar el toc-toc, ahora subiendo.

—¡Souto! —gritó Irune. No intentó sujetarle ni seguirle, absorta en la muleta vacilante—. ¡Dios mío!

—Tranquila, todo pasa, el tiempo hace milagros —sentenció Cecilio.

—Yo tendría que subir para ponerle los pantalones antes de que se enfríe.

—Se los pondré yo si a él se le olvida.

Irune se sintió desterrada de aquella familia. Hubo de refugiarse en la afirmación de que aún seguía siendo su lechera. Se sorprendió a sí misma sonriendo.

—Mírele, parece que está jugando a los piratas con pata de palo. —Se volvió—. ¿Me ayudará usted?

Cecilio la miró profundamente y ahora sí logró levantarla.

—La mujer y yo le faltaremos algún día.

—Él ya se buscará otra tonta.

Cecilio carraspeó.

—La única tonta eres tú.

No esperaba el beso de ella en la mejilla, pero después le gustó creer que el destino aún le llamaba para hacer de pastelero.

La tarde de un domingo tormentoso un automóvil se detuvo en la carretera frente a la casa y Cecilio vio bajar al presidente del Athletic y al directivo calvo. Abandonó precipitadamente la ventana para interrumpir los torpes paseos de aprendizaje del hijo por el pasillo.

—Ahí están —le anunció bajando la voz.

—¿Quiénes? —preguntó Souto sin ningún interés.

—Ellos. Ya te lo dije. No podían faltar, tienen dos razones para venir.

Aunque se dejó conducir al comedor, a Souto le tuvo sin cuidado quién venía y por qué. Solo deseaba sentarse y descansar de la muleta. Se desentendió de los pasos en la escalera, de las voces en la puerta y de la presencia de los intrusos. Cecilio retiró dos sillas de la mesa y las arrimó a las cuatro piernas. El presidente lanzó en el momento de sentarse:

—¡Aúpa el Athletic! —Estaba eufórico. Erguido en su asiento, extendió el brazo para golpear con la mano el hombro de Souto, quien le echó una mirada de hielo—. ¡También al Valencia nos lo hemos pasado por la piedra! —Sorprendió un cruce de miradas misteriosas entre su directivo y Cecilio—. ¿Qué pasa?

—¿Cómo te encuentras, chico? —preguntó el directivo calvo—. Me refiero a tu moral. Veo que tienes a mano la muleta, lo que habla de tu voluntad de sobreponerte, de afrontar la situación. Ya sabíamos de tu coraje.

El presidente miró a los tres, uno a uno, y tosió.

—¡Aún no lo sabe! —exclamó—. ¡Manda huevos! —Miró a Souto—. Bueno, ¿qué dijo el médico de tu pierna?

—Fractura de fémur distal derecho —pronunció el directivo calvo.

—¿Y qué hay detrás de eso? —gruñó el presidente—. Ni los médicos entienden su propia jerga. Les gusta asustar. Así que no se ha acabado el mundo, ¿eh, Souto? ¡Los del Athletic somos de hierro...! ¿Pero es verdad que no sabes nada? —Los gestos de Cecilio no impidieron que encarara a Souto—. ¿No sabes que el Athletic acaba de ganar otra Copa?

—Lo dejé en paz con sus cosas —explicó Cecilio—. No puse la radio ni traje el periódico. Yo me enteraba en la calle.

Los tres hombres quedaron expectantes, incluso Cecilio esperó alguna reacción de su hijo. Con retraso, Souto alzó su muleta en el aire.

—Aúpa el Athletic —roncó.

—¡Este es nuestro muchacho! —exclamó el presidente dando un pequeño salto en su silla.

Cecilio, que no pensaba sentarse, tocó con su mano la cabeza de Souto para decirle:

—Así es, hijo, la vida ha de seguir. Voy a por algo —y salió del comedor.

—Es muy lamentable esa desafortunada lesión —dijo el directivo calvo—. Tu prometedora carrera ha sido truncada. Como siempre ocurre, nosotros, desde fuera, no podemos ni imaginar las repercusiones de esta catástrofe en tu interior. Pero transcurrirá un tiempo y entonces tendrás serenidad para pensar en algún futuro interesante. Nos tendrás a tu lado.

—Aunque tu contrato con el Athletic acaba en cuatro meses seguirás siendo de nuestra familia. Te ayudaremos. Se te abonarán esos cuatro meses y la prima por ganar esta Copa del cuarenta y cuatro.

Al presidente se le hinchó el pecho al mencionar de nuevo la Copa. Cecilio regresó con una botella de coñac corriente y cuatro vasos, los alineó sobre la mesa y arrancó el corcho de la botella con un ¡epa! y distribuyó cuatro chorritos temblorosos. Incluso Souto aceptó el vaso. Hubo cuatro alzamientos y el presidente apuró hasta la última gota.

—Es coñac de La Venta —se excusó Cecilio.

—El alcohol lo hace bueno quien lo bebe, no quien lo vende —dijo el directivo calvo.

—¡Una taberna! —exclamó el presidente como una revelación—. Es una tradición: al retirarse, muchos jugadores abren una tasca. Son tan populares que el negocio siempre marcha. Llenan las paredes de fotos de fútbol, ídolos y equipos campeones con las copas delante, banderines y diplomas enmarcados. ¡La vida futbolística de cualquiera de nuestros famosos! Esas tascas son como el segundo hogar de los aficionados... ¡y a veces el primero!

—¿Qué te parece, hijo? —preguntó Cecilio ilusionado.

Los tres hombres asistieron en silencio al encogimiento de hombros de Souto.

—Bueno, es pronto para elegir algo —dijo el directivo calvo encendiendo uno de sus cigarrillos.

—Serías un tasquero cojonudo —insistió el presidente—. Vino y fútbol..., ¡buena mezcla!

—Lo pensaremos, hijo, ¿verdad?

Souto pareció que dibujaba algo en el suelo con la punta de su muleta.

—En las visitas de enfermo se cuentan muchos chistes —dijo.

El directivo calvo movió la cabeza.

—Así es. Las lenguas se sueltan.

Se puso en pie dando por terminada la reunión ante el asombro del presidente. Cecilio ayudó a Souto a levantarse. Hubo abrazos de despedida y consolación.

—Es buena gente —dijo Cecilio después de cerrar la puerta y oír el motor del coche alejándose.

Souto tardó meses en aceptar que el ruido de la lecherita que a diario le llegaba del portal nunca dejaría de ser una medicina amarga en el futuro. ¿Qué futuro? Cualquiera que fuese, ¿cómo cortar aquella trampa? Al principio confió en la intervención del padre, incluso en la de la madre, y al cabo más en esta, en una de sus impalpables resoluciones. Pero la leche de la lecherita continuó llenando los tres tazones de desayunos y cenas.

La confianza en el apoyo del Athletic no se resquebrajaba. Si Souto rezongaba: «Sin noticias de ellos», Cecilio acudía con el paraguas: «En estos cuatro meses no han dejado de llegar a casa la paga y la prima. Es gente seria». En septiembre de 1944 quedó cancelado aquel inolvidable contrato de dos años y Souto se instaló en el desvalimiento más absoluto. No había razón. Quedaban las 2000 pesetas de la ficha, aún intactas por no haber sido utilizadas en la hipoteca del escurridizo piso del pasado. Y era el espejismo de aquel mal llamado bien el flotador de Cecilio y el futuro aún más negro para Souto cuando se comieran la última peseta de la maldita ficha.

—Vas a gastar el pasillo —le dirigía suavemente el padre viéndole arrastrarse arriba y abajo.

Souto no tenía muchas ocasiones de descargar su amargura.

—Quiero enseñar a esta pata y dejar de ser un medio hombre.

En estas ocasiones la sombra silenciosa de Socorro se deslizaba por las paredes próximas.

Una tarde de diciembre, oliendo ya a Navidad, se detuvo ante la casa el mismo automóvil y pisaron la carretera los lustrosos botines del directivo calvo. Cecilio lo sentó en una silla del frío comedor tras aconsejarle que siguiera con el abrigo puesto. Al aparecer Souto el visitante comprobó que componía un todo con su muleta. Souto se dejó abrazar.

—No dejamos de darle vueltas a tu caso —empezó el directivo—. Hemos recorrido todos nuestros puestos subalternos a ver dónde puedes encajar. El resultado ha sido decepcionante.

Souto pensó que le miraba por primera vez como a un inválido. Se había sentado sin separarse de su muleta. El pequeño comedor era la estancia más fría de la casa porque apenas se pisaba. Cecilio danzaba de un punto a otro puliendo detalles. «Coñac», se recordó, desapareciendo.

—No podré trabajar en casi nada pero sí en algo —apuntó Souto.

—¡Oh, sí! —exclamó el directivo. Tosió sin ruido—. Seguramente. Siempre hay un trabajo para cada capacidad.

—Dando cuerda a los relojes —rió Souto—. ¿Dónde tiene el Athletic sus relojes?

—No bromees —suplicó el directivo secándose las manos con un pañuelo blanquísimo.

—La muleta me deja libre una mano para dar cuerda a lo que sea —insistió Souto.

—Tenemos puestos, el problema es tu encaje en alguno. Hemos hablado del asunto en nuestras asambleas y sostengo que lo tuyo ha de ser una ocupación sentado.

—Sentado solo se puede dar cuerda a un reloj de pulsera.

El directivo calvo se echó atrás contra su respaldo.

—Si continúas atormentándote no resolveremos nada. Colabora. En tu mano está seguramente proporcionarnos ideas... porque nosotros hemos llegado a un punto muerto. No hay una sola actividad en el club para desempeñarla sentado, excepto en oficinas. Y no es tu campo.

Cecilio regresaba en ese momento con media botella, tres vasos y una sonrisa estimulante. El directivo calvo supo de la economía de guerra de aquel hogar al reconocer la botella que sobró de su visita anterior. Por cumplir, apuró un sorbito de aquel líquido espeso. Cecilio vació el suyo.

—¿No bebes, hijo? —preguntó sin asombro. Su voz se apagó al dirigirse al directivo—: Sabe leer y escribir. Y cuentas.

—El nombre de Souto siempre figurará en letras de oro en la historia del Athletic —aseguró el directivo levantándose.

Cecilio le ayudó a retirar la silla.

—Guardo sus cuadernos de la escuela, el maestro me hablaba de su buena letra. Si usted quiere se los enseño...

El directivo calvo palmeó animosamente la inmóvil espalda de Souto.

—Querido amigo, no todo es mala suerte. Es bueno ser joven y fuerte, como tú. Saldrás adelante. Comprendemos de verdad por lo que estás pasando.

—Para comprenderlo hay que romperse una pierna —dijo Souto sin acritud.

—Confía en nosotros. Te tenemos en nuestro recuerdo.

Era el mundo al revés. La moral de Souto no solo no se hundía del todo con el paso del tiempo sino que se sentía confortado. Era un camino en sentido contrario hacia la estabilidad. Como no se borraba de su pensamiento la imagen de Irune, al menos buscaba razones que justificaran su ruptura. Cuando un día Cecilio le confesó a qué salía últimamente a la calle, Souto se habría disgustado con buenas noticias.

—He gastado suelas preguntando en obras y almacenes si necesitaban un guarda. Al principio les gustaba tu edad, pero luego arrugaban la jeta y me preguntaban qué habías hecho antes. Antes de qué, les preguntaba yo. Antes de que tuviera que agarrarse a guarda, decían ellos. Yo les decía que albañil, y también les gustaba. Y entonces ellos me soltaban «y ahora díganos de una vez cuál es el caso». Yo no quería hablarles de tu pierna y de tu muleta sin decirles quién eras, por si ayudaba. Y ahí se acababa el negocio. Ah, Souto Menaya, la hostia, decían. Todos sabemos cómo ha quedado, así que ¿cómo va a echar a correr tras los ladrones?

Pero no era fácil la reconciliación consigo mismo. Porque allí estaba el cascabeleo diario de las cacharras sobre la burra de la lecherita recordándole el tozudo mensaje de que el amor habría de acabar triunfando, como en las películas, como sabía que pensaba Irune. Souto procuraba alargar el sueño hasta desbordar las nueve de cada mañana por no sentirla tan huérfana en el portal bajo su cuarto. Por suerte, no había peligro de que Socorro le subiera del portal algún derretido lloriqueo de la lecherita.

Así que el 1 de octubre de ese año no se presentó el esperado mensajero del Athletic con el puntual sobrecito rojo del estipendio mensual. Cecilio sumó con los dedos y movió la cabeza al comprobar las fechas. «Se secó la ubre», suspiró. El domingo de aquella misma semana, a las nueve, Socorro subió del portal el puchero con la leche y las 3,50 pesetas de la semana. Sus dedos ausentes las depositaron en la mesa de la cocina. El primero en verlas fue Cecilio y después Souto, y ambos se sintieron humillados por la limosna que representaba esa devolución. Además, Souto se sintió desarmado ante la mujer capaz de ir registrando los tiempos de su devastación.

134

—Coge ahora mismo ese dinero y corre a devolvérselo —ordenó a su padre.

Cecilio tenía el suficiente seso para no replicarle abiertamente.

—Ya estará lejos, mañana bajo yo a por la leche y la obligo a cogerlo. La chica lo hace con su mejor intención. Te quiere vivo. Sabe que aún no estás en el último suspiro, que te queda algo en la bolsa. —Buscó la mirada del hijo sin encontrarla, esperando una mueca de que él tampoco se había olvidado. Carraspeó—. Habrá que empezar a sacar —propuso en un hilo de voz.

Pero Souto no se había olvidado. Le costó extraer de sus profundidades el último resto de aquel naufragio.

—Sí, habrá que empezar a comer de la maldita ficha —dijo—. Esa mierda pondrá las cosas en su sitio cuando se acabe.

—El tiempo hace milagros pero no le viene mal una ayuda —dijo Cecilio—. Ya verás como en adelante la chica vuelve a cobrarnos la leche con una sonrisa.

—Llorará contra su almohada.

—¡Se alegrará, hijo! Lo hace con su mejor...

—Cuando se acabe la última peseta perderá la última carta que le queda, verá lo que no ha querido ver porque solo quedará la muleta.

Cecilio hubo de bregar para que su hijo no despilfarrara las 2000 pesetas de la ficha en obras como el levantamiento del tejado de la casa, que solo tenía una gotera, para montar uno nuevo, o convertir el sótano en una combinación de cuadra y garaje para alojar una pareja de bueyes de pruebas de arrastre y un automóvil de carreras, o comer langosta domingos y fiestas.

—Si tanto te joden esas benditas pesetas acabas antes echándolas guardabajo por la Galea —le decía. Sus razones doblegaban finalmente a Souto—: Con mis 3,80 de jornal y algunos puerros y patatas de la huerta resistimos cuando eras pequeño hasta que me jubilé y tú empezaste en el andamio. Luego nos trajiste el vicio con el oro del fútbol. Pero tu madre y yo habríamos quedado solos y felices con tu casorio.

Souto se conmovía.

—No puedes saber lo que piensa ama.

—Ahora sé más de tu madre que cuando me hablaba. El mundo iría mejor si fuéramos todos mudos.

—Aprovechaba el desarme del hijo para añadir—: Sacando ochenta pesetas al mes viviríamos casi dos años como personas. Tiempo de sobra para que el Athletic te dé un trabajo.

—No han hecho nada en un año. Nunca harán nada.

Cecilio se escandalizaba.

—Estás hablando de nuestro Athletic, hijo... En nuestro pasillo has aprendido a andar con una sola muleta. Con esa pierna tuya otros necesitan dos muletas.

136

Libras un brazo para abrir y cerrar puertas, coger entradas en las puertas de San Mamés, regar el campo con una manguera...

Souto ya había barajado todos esos desempeños y algunos más, llegando siempre a panoramas desolados que, claro, le robustecían. En aquella ocasión echó a su padre una mirada compasiva.

—¿Qué harías tú?

—Ir a verles, hijo —propuso rápidamente Cecilio—. Iría yo, pero que te vean en movimiento. El Athletic no puede darte la espalda.

La última recomendación de Cecilio al despedirle en la puerta fue advertirle que los coches que no circulan por el pasillo están en la calle. Al dar el primer paso en la carretera a Souto le dio un pálpito, miró hacia arriba y descubrió a su madre pegada a un cristal mirando a todas partes y a ninguna.

Eran las cinco de la tarde de un día mustio de abril sin brisa, pero sintió contra su rostro de enclaustrado un aire de vendaval. Nunca imaginó que las vías del ferrocarril cruzando el asfalto de la carretera ofrecieran tantas trampas. La gente con la que se cruzaba escondía su primera ráfaga de conmiseración bajo una sonrisa incierta. La taquillera salió al andén con el billete en la mano para verle mejor. Fue el arranque de una ola de susurros que se extendió por todo Getxo.

El ángel con trompeta de los periodistas les alertaría de la vuelta a la vida del gran Souto Menaya. El tren lo depositó en Bilbao en media hora. Afrontó las calles con la campanilla del toc-toc abriéndole camino entre rostros distraídos que parecían haberle olvidado y acaso le creyeran un caballero mutilado en la Guerra por Dios y por España.

Le abrió la puerta del club un hombre lento y desconocido de mucha edad que lo sentó en un recibidor que Souto no recordaba de la vez anterior. Echó la culpa del olvido a la emoción de la primera visita. Al punto aportó algo más: «Hoy nada tengo que ver con aquel tonto de dos piernas. El alma también se lesiona». El hombre cruzaba el recibidor de tiempo en tiempo informándole: «Están ocupados» o «no pueden tardar mucho más» o «¿quieres un vaso de agua?». Transcurridas dos horas se abrió una puerta y asomó una cabeza.

—Pasa.

Souto se apoyó en la muleta para ponerse en pie y la puerta se abrió del todo. Tuvo que repetirse que pisaba la misma habitación. No había nadie, pero sí olía a humo de tabaco. En ese momento recordó que el hombre que tenía detrás era el secretario que apareció con los papeles del contrato. Oyó cerrarse la puerta.

—Has venido en un mal día, hoy no hay nadie por aquí. —Souto se preguntó por qué entonces le había hecho esperar dos horas—. Si puedo solucionarte algo...

—Quería hablar con ellos.

—Has tenido mala suerte, no están —repitió el secretario. Recorrió de arriba abajo la difícil postura del visitante—. Puedes sentarte un rato, no me molestas.

—¿Qué hay que hacer para verles?

—Hoy ya nada. Otro día, avisar. Es arriesgado venir alegremente a ver si se les coge.

—¿No hay ningún directivo o alguien que pueda decirme algo?

—Sobre qué.

Souto se afirmó más en su muleta para responder, pero la mirada del otro le adelantó que ya lo sabía. Y entonces descubrió sobre la mesita, al otro lado de la alfombra, una pitillera de plata para cigarrillos largos. Recorrió la alfombra, cogió la pitillera con su mano libre y la acercó a los ojos para asegurarse. El secretario se rascaba suavemente la nariz. Al restituir la pitillera Souto habló con extraña calma:

—Para tropezarme con ellos la próxima vez entraré por la puerta de atrás.

Dos meses después el Athletic ganaba al Valencia la Copa de 1945 y la prensa madrileña encontró la ocasión muy justificada para denunciar, una vez más, que el club vasco seguía sin abrir la boca sobre el gol marcado con la mano que le valió la Copa de 1943.

En agosto de 1946 la cartilla de los Menaya en la Caja de Ahorros quedó en blanco y Souto se sintió como un bebé fuera de cuentas y saliendo por fin a la luz. De modo que apenas se violentó aquel domingo al descubrir dos cosas: que en el fuego de la cocina esperaba para hervir la leche del desayuno y en la mesa descansaban las 3,50 pesetas del importe de la semana recién rechazadas por Irune. Las recogió y bajó para enfrentarse sencillamente a ella. El sobresalto de la lecherita no le impidió advertir lo que traía en la mano. Permanecieron dos minutos frente a frente mirándose con intensa curiosidad a los ojos. Souto extendió el brazo y le ofreció el dinero. Ella recordaría por siempre aquel momento en que vivió la esperanza de un regreso.

—Es el último pago —dijo Souto con la voz quebrada.

Irune recogió las monedas con la mano libre de la cacharra, pero no lo introdujo en el bolsillo de su delantal blanco.

—¿Amigos? —propuso Souto como el punto final más dulce.

—Amigos cuando yo esté en condiciones de hacerte la misma pregunta —respondió Irune con determinación guardando, ahora sí, el dinero.

Gracias a su confusión Souto pronunció la frase de la que había vivido los últimos tres años:

—Estoy muerto y no quiero que tú mueras conmigo.

A Irune le sonó de lo más banal.

—Eso sigue siendo una tontería —cantó como una niña.

Giró para regresar a la burra y cargarle la cacharra. No concluyó allí la escena, tuvo una secuencia más a espaldas de Souto cuando Cecilio chistó a la lecherita desde la huerta.

—Escucha, hija —le susurró—. Sé cuál es tu voluntad y quiero ayudarte. Tú sigues trayéndonos la leche y nosotros te pagamos con el dinero que guardas en el bolsillo. —Por señas le obligó a sacar de su delantal el último cobro—. No digo que recibirás un dinero como este sino este mismo. De mí a ti y de ti a mí, como una prenda. Los domingos bajará Socorro al portal con las 3,50, las coges y me las devuelves. Todas las semanas. Mientras tú quieras.

A Irune se le saltaron las lágrimas ante aquella ruina familiar.

—Pero él preguntará de dónde sale el dinero.

—Le diré que yo lo tenía enterrado desde la guerra.

Irune estuvo a punto de recordarle que el único dinero que se enterraba entonces era el del Gobierno vasco, pero no quiso privarle de aquella inspiración.

En mayo, cuatro meses antes de la última peseta de la ficha, Cecilio ya había empezado a tomar medidas contra el áspero destino. Al sembrar el maíz, como todos los años, el pequeño cuadrito de la huerta le pareció más mezquino que nunca. Borró los tres senderitos de circulación, trasladó las seis gallinas al sótano y desmanteló su palomar de tablas; una noche desplazó la empalizada de limitación de cañas para robar temporalmente un metro al vecino; levantó a trozos el cemento de la acera que circunvalaba la casa y rascó sus bajos para ganar centímetros de huerta. Echó para maíz toda la superficie. La familia guardaba los granos de un año a otro en el arcón de roble de las semillas. Metió en cada bocho no las cuatro seculares sino siete, y aunque en junio despuntaron siete plantitas, eran lacias.

Souto contemplaba este trajín desde la ventana de la cocina y sintió el redondeo de su victimismo. Forzaba inútilmente su imaginación para intervenir sentado en alguna tarea. «¿Qué mierda de jodido trabajo puede hacer un hombre sobre una silla?», se atormentaba. Después de su terminante sentencia a Irune, pudo dar el primer paso por la realidad sin telarañas. A las ocho de una tarde adormilada de agosto pasó ante la puerta de la cocina con un «salgo a dar una vuelta», que había sido su despedida en el pasado. El pasmo de Cecilio retrasó su alegría. Abandonó la cocina y vio desde el balcón a su hijo avanzar renqueante por la carretera. Regresó para cubrir con una mano la patata que pelaba Socorro.

—Nuestro chico es ya un hombrecito, mujer, y no le asusta salir solo a la calle —le anunció sacudiéndola por ver si esta vez la recuperaba.

La aparición de Souto en La Venta silenció el bullicio de las charlas. Llevaba tres años sin dejarse ver por allí. Tuvieron ante ellos a una de las leyendas vivas del Athletic. El propio Souto quedó vacilante en la puerta. Los de dentro no acertaban a soslayar la tragedia del inválido para explotar en un saludo, y el de la puerta aborreció como nunca lo que creían representaba. Fue consciente del hundimiento general cuando anunció:

—Busco trabajo.

Era la última vulgaridad que esperaban escuchar de él. Souto carecía de toda intención de ser gracioso al añadir:

—Sentado.

El segundo asombro fue una prolongación del primero. Luego sonó una carcajada liberadora que arrasó con todos los tiempos muertos del pasado. Se le acercó Petaca para tomar el brazo izquierdo de Souto como si fuera de porcelana y conducirlo a la banqueta de una mesa con un ¡eres la hostia! La veintena de presentes se arremolinó a su alrededor. El fuego lo abrieron las conmiseraciones: «qué mala potra», «es lo peor que le puede ocurrir a un futbolista», «a muchos defensas habría que cortarles los huevos». Petaca puso la guinda: «Con el saco de hostias que yo le daría a ese puto maricón podría cantar mil misas». Siguió la curiosidad que despierta lo diferente: «¿Cuántas muletas llevas rotas?», «¿no se queja tu otra pata del trabajo doble?», «pronto tendrás una buena colección de zapatos derechos para la Misericordia», «¿has vuelto a San Mamés?». Nadie tuvo la mala ocurrencia de nombrarle a Irune. En cuanto al estado del bolsillo su presencia allí pidiendo trabajo lo decía todo.

Se sucedieron las rondas, pues no por acosar se dejaba de beber; incluso el Ermo del mostrador sirvió una por cuenta de la casa.

—Sabemos de uno que trabaja sentado —se alzó una voz—. Ese que se pasa los días en la Galea apuntando los barcos que entran y salen.

—Sí, el txotxolo de los navieros Mendiguren, que no vale para otra cosa y la familia no sabe dónde ponerlo —completó otro—. Todo el día contando barcos. Lápiz y papel. Sentado.

—Pero la familia de Souto no tiene ningún jodido barco —dijo Petaca.

—También trabaja sentado el ciego de la cuesta de Arrigunaga vendiendo periódicos desde la ventana de su casa —recordó un tercero.

—Seguro que en Getxo hay algunos cojos, ciegos y otros mancados que trabajan sentados, lo que pasa es que están dentro de sus casas y no se les ve.

—Algún pobre se sienta en el suelo para pedir.

—Carameleros y carameleras se sientan en banquetas para vender golosinas y cromos.

—¡La hostia, cromos! —estalló Petaca propinándose un chalo en la frente—. Mi vecino trabaja en cromos. ¡Y sentado! No es cojo pero es como si lo fuera. Los cromos están sobre la mesa y no ven si a las piernas de abajo les pasa algo. Saca su pienso. Te llevo a hablar con él.

La mención de los cromos estremeció a Souto, aunque no se atrevió a preguntar si eran de futbolistas. Petaca lo condujo al día siguiente hasta tres casitas viejas junto al cementerio. A la mujer que abrió la puerta le dijo que él y Souto querían hablar con Tomás. «El que tengo aquí es Souto Menaya», rubricó. Eran las diez de la mañana y del interior llegaban aromas de cocido. La mujer tardó en regresar. «Está muy ocupado pero que a Souto no le puede negar.»

—Adelante, adelante —oyeron a Tomás al final de un pasillo. Vieron en un cuarto minúsculo una espalda grande y redonda cuya pesadez no parecía colaborar con unos dedos amorcillados manipulando a duras penas papelines rosados. Los visitantes hubieron de dar la vuelta a la mesita para enfrentarlo.

—Me pilláis con un retraso de una hora y diecisiete minutos y hoy es día de entregar el paquete —explicó Tomás sin desviar los ojos de su tarea—. Souto, ya oí tu gol por la radio.

Quizá también habría sabido por la radio de su lesión y consecuencias, pero ahí se paró. De siete montoncitos de cromos desplegados en arco sobre la mesa cogía tres diferentes para centrarlos juntos en un sobrecito abierto, doblar tres puntas para cubrirlos y cerrar el sobrecito con la cuarta punta engomada. Se movían con tal precisión aquellos dedos engañosamente toscos que Souto tardó en librarse de ellos para conocer de qué hablaban los cromos. Le tranquilizó cerciorarse de que en las cumbres de los siete montoncitos había una niña triste de larga cabellera. Entonces pudo fijar la atención en lo que había bajo la mesa: era preciso padecer una enfermiza obsesión por las piernas para no dejarse engañar por aquellas tan aparentemente sanas y detenerse en su inquietante quietud.

—¿Qué os duele? —preguntó Tomás cuando hubo agotado una batería de sobres engomados.

—Souto, que busca un trabajo y a lo mejor encaja en el tuyo —dijo Petaca.

A Tomás se le heló la sonrisa.

—Esto parece fácil pero no —advirtió sombríamente—. Yo entré bien porque antes trabajaba con las manos, era electricista. ¿Y qué gimnasia ha hecho con las manos un futbolista?

—Seguro que los electricistas no se soban la picha mejor que los futbolistas —dijo Petaca.

—Estoy hablando en serio, de profesional a profesional.

La mujer asomó la cabeza.

—¿Ni asiento les has ofrecido?

Y puso dos sillas que traía ante los visitantes.

—Claro, claro, siéntate Souto —invitó Tomás un poco confuso—. Los cojos debemos unirnos.

Souto se desplomó en la silla con un suspiro de alivio. Con tanto fervor miró las piernas de debajo de la mesa que Tomás le atendió:

—Parálisis. Las dos. Empezó sin más.

—No pierdas tiempo, hay que llevar eso —mormojeó la mujer desapareciendo.

—Eres la hostia —exclamó Petaca a media voz—. ¿Lo vas a soltar o no?

—¿Soltar qué? —preguntó Tomás.

—¡La fábrica de esta leche!

Tomás se tomó el tiempo de tres sobres.

—No se llama fábrica sino editorial. Cromosa. Una lonja en Algorta con oficina y taller. La mayoría de los obreros trabajamos en casa.

—Así ahorran luz —dijo Petaca.

Tomás concluyó con una rapidez borrosa:

—Editorial Cromosa, plaza San Nicolás.

—Listo —dijo Souto.

—Si les van muchos, nuestro jornal por el suelo —gruñó Tomás—. Pero a Souto no se lo podía negar.

—Hay que repartir la gracia de Dios —sermoneó Petaca.

Souto se aclaró la garganta para preguntar:

—¿Llevas tiempo metido en esto?

—Un par de años, mes más mes menos.

—¿De qué hablan esos cromos?

—De Blancanieves. Es como en el cine.

—¿Esa gente saca cromos de futbolistas?

Souto esperó la respuesta sin respirar:

—Cuando toca, cuando los críos ya han llenado un álbum de futbolistas ellos pasan a Blancanieves y otras historias hasta que vienen los nuevos críos que han crecido.

—Siempre hay críos, no tienen que crecer —dijo Petaca.

—Bueno, no sé —murmuró Tomás.

—¿Y entonces? —preguntó Souto.

—Entonces otra vez futbolistas. Sacan nuevos cromos con los equipos de cada temporada.

Ya en la calle camino de casa Souto le oyó a Petaca resoplar:

—No es un currelo para echar cohetes.

—Ni hecho a la medida de un cojo. A ver si me cogen.

—¿No tienen a Tomás? Cogen a todos los cojos porque es un trabajo para cojos, porque esos jodidos saben que los cojos son los que más tiempo están sentados trabajando. —Petaca se detuvo cuando Souto lo hizo mucho antes de alcanzar su casa—. Vaya putada que te hicieron —dijo pesando las palabras. Y repitió—: Vaya putada que te hicieron, amigo.

Souto no encontró ninguna frase de circunstancias cuando lo alejó con palmaditas en la espalda.

Tardó un par de semanas en decidirse a ir, un viernes de mayo. En los tiempos pasados saltaba de la cama, pero se había acostumbrado a vivir a otra velocidad y medía los movimientos. Este freno y el olvido de la vieja vitalidad le exigían menos duchas, así que cuando Cecilio oyó correr el agua de la cebolleta se alegró de que su hijo aún se revolviera contra el negro presente. Ignoraba qué se traía esta vez entre manos, pero se trataba de algo, y esto era mucho. Cuando más tarde le vio salir de su cuarto con el pantalón, la camisa blanca y el jersey de cuello de pico de los domingos, le costó silenciar su curiosidad. Hubo de contentarse con el vago «Voy a Algorta» que envió a la familia al cerrar la puerta a su espalda.

Souto quería causar buena impresión a la gente de los cromos. En particular, se preocupó de sus manos, de sus dedos, las herramientas que iban a sobar aquellos papelitos, según vio a Tomás. Nadie le había ofrecido un trabajo, es posible que en todo el mundo no hubiera otro que se plegara a sus huesos rotos. Era preciso, pues, hilar fino. No había más cojones que agarrarse a los cromos.

Llegó a media mañana de un día bochornoso a la plaza San Nicolás frente a la editorial Cromosa. Pero no entró. Retrocedió unos pasos cruzando la calle y pisando la propia plaza. Serenó su respiración. Ni en su primera visita al Athletic le había ocurrido nada semejante. Allí estaba el viejo edificio que fue Ayuntamiento hasta hacía unos veinte años y en cuyos bajos, que hacían de frontón, le nacieron callos en las manos jugando a la pelota en las piras de la escuela. «Mejor me habría ido en los frontones», pensó con nostalgia. Y en el centro de la plaza estaba el kiosco de la música donde la pequeña banda municipal, los domingos, alternaba para las parejas sus pasodobles clásicos con el acordeonista y sus habaneras. En sus buenos tiempos Souto tenía que venir a esta plaza si quería bailar, pues en San Baskardo jamás hubo una. «¿Cuánto llevará aquí esa fábrica de cromos?», se preguntó en un resquicio que le dejaron sus recuerdos. Cuando se estaba confesando a sí mismo que prefería regresar a casa, volteó enérgicamente la muleta y dio el primer paso hacia aquella puerta.

Tenía un frente de tres cuerpos de madera blanca y cristales opacos y la puerta estaba en el centro. Souto llamó con los nudillos contra uno de los cuadrados de cristal y antes de bajar el brazo le llegó una orden malhumorada:

—¡Abra y entre!

Al cerrar la puerta a su espalda encontró el camino cortado por un mostrador. Un hombre taciturno le miraba fijamente.

—No hay que llamar, abran la puerta y entren. Siempre les digo lo mismo. No llamen —dijo con angustia.

El mostrador se interrumpía junto a la pared de la izquierda y daba paso a una oficina con dos mesas. En la más alejada una muchacha había interrumpido su tecleo en una Underwood. Había cajas de cartón apiladas en el suelo y otra puerta cerrada en el fondo atravesada por el estruendo de una maquinaria en acción.

—Si es aquí donde los cromos y si puedo llevarme a casa —tanteó Souto.

—¿Cuántos sobres diarios, cuántos hijos tienes? —preguntó el hombre.

En mejor estado de ánimo Souto habría advertido ironía incluso en aquel individuo que no se reía.

—Quiero trabajo —pronunció Souto como una liberación.

El hombre continuaba tieso tras el mostrador. Por primera vez sus ojos abandonaron la cara de aquel cojo y estudiaron sus manos.

—¿Quién te recomienda?

Souto se acordó de Tomás y dijo:

—Tomás.

—¿Qué Tomás?

—Tomás el del cementerio.

—¿Un muerto te envía?

La muchacha de la Underwood, que no había dejado de mirar a Souto desde su llegada, se levantó, se acercó al hombre, lo tomó de un brazo para llevárselo y hablarle en susurro. «A lo mejor les asusta ver a Souto Menaya», pensó Souto preguntándose si por ello le rechazarían. El hombre regresó con la misma aridez en su rostro y pareció recordar que había cortado su escrutinio de aquellas manos. Su mirada pasó de una a otra deteniéndose en la de la muleta.

—Esta la libro al sentarme —dijo Souto.

Por primera vez el hombre mostró una sombra de confusión.

—Con esos dedos tan gordos te costará coger un alfiler del suelo —dijo.

—Los de Tomás son peores —intervino la muchacha, que vivía la escena sin sentarse.

—La mayoría de nuestros operarios de la calle son mujeres, por eso, por las manos —dijo el hombre.

—Ponme un alfiler en el suelo —retó Souto.

El hombre regresó a su primera actitud de investigar en los ojos de Souto para concluir con una confesión imprevista:

—No me gusta el fútbol.

Souto cambió de postura sobre la muleta y la muchacha se apresuró a coger la silla de su mesa y rodear el mostrador para llevársela. Al sentarse, Souto alzó los brazos para mostrar libres sus dos manos cambiando con la muchacha una sonrisa de complicidad. Cuando el hombre levantó una de las cajas del suelo, la puso sobre el mostrador, abriéndola y sacando tres grupos de cromos enfajados, a Souto le faltaron ojos para escrutar la identidad de las caras que extendió sobre el mostrador. Lo hizo con tanto ahínco que se le empañaron.

—¿Has oído hablar de *Blancanieves y los siete enanitos?* —preguntó el hombre—. Más vale que te guste Blancanieves porque hasta dormirás con ella.

—Hay que emplear muchas horas para sacar un jornal lucido —se excusó la muchacha.

—¿Has escrito alguna vez cartas a la novia? Pues esto es parecido —añadió el hombre—. Se trata de meter algo en un sobre, aunque aquí también hay que hacer el sobre —y abrió un cuarto taco para extraer de entre todos un pequeño papel rosado de cuatro puntas—. En vez de meter la carta de la novia, coges tres cromos distintos —y cogió el primero de cada montoncito— y los pones en el centro de este otro papel, que doblas sobre los cromos. Y así como para la novia sacas la lengua para mojar la goma, aquí te llevarás a casa una brochita y goma arábiga en un frasco.

Se oyó una voz al otro lado de la puerta:

—¡Señorita Marisol!

La muchacha cogió de su mesa bloc y lápiz, y al abrir la puerta se coló el estruendo multiplicado y Souto acertó a ver fugazmente el monótono ir y venir de piezas brillantes de metal. La puerta se tragó a la muchacha.

—Ese es don Amancio, el jefe —explicó el hombre bajando la voz—. Antes de fundar Cromosa imprimía libritos de vidas de mártires, pero las ventas no funcionaban. A la gente le gusta que las historias acaben bien. Por eso se pasó a Blancanieves y Caperucita...

—También Caperucita —se alegró Souto.

—El despacho de don Amancio está en el propio taller.

—El ojo del dueño engorda el caballo —dijo un Souto relajado.

Se abrió la puerta pero no apareció la muchacha sino el propio don Amancio echándose encima una americana mientras daba la vuelta al mostrador. Llegó ante Souto dando los últimos toques a su corbata.

—Bueno, bueno... —no solo no encontraba las palabras, tampoco el porqué de su presencia allí—. Sí, claro, lo tomo como un honor... Bueno, ¡ejem!, uno se entera de las cosas..., me lo acaban de decir... Ni por lo más remoto habría imaginado que... No voy a San Mamés pero leo los periódicos, ¿y quién no sabe de Souto Menaya? Cromosa es una empresa más bien sencilla... Bueno, no tan sencilla, facturamos millones al año... Pero la vida da muchas vueltas, unos suben y otros bajan, ¿y quién sabe bajo qué puente dormiré yo mañana? Los que suben deben apoyar a... ¡Caramba! ¿Puedo estrecharle la mano? ¡Bienvenido al mundo de los niños!

Souto se dejó estrujar la mano y don Amancio se secó la frente con un pañuelo.

—Unos llevan estampitas de la Virgen a los negritos y otros hacemos felices a los niños de aquí —añadió don Amancio. Miró fijamente a Souto—. Y ahora sé la pieza clave que me faltaba para que mis pequeños compradores se sintieran en el cielo... Es un honor. Gracias, gracias... ¡Dadle todas las facilidades!

Desapareció en el estruendo de sus máquinas. Souto sorprendió a la muchacha mordiéndose los labios y le oyó:

—Lo siento.

El hombre recuperó sus funciones.

—Decíamos que tres cromos en cada sobre. Te llevarás una caja con cincuenta enfajados de cromos diferentes... Solo tres en cada sobre, no lo olvides... ¡y distintos!

—Llevarás mejor media caja que una entera —dijo la muchacha—. Has de cargar con un solo brazo. ¿Te arreglarás?

—Sí —dijo Souto.

—Tenemos un recadista, él te podría llevar la caja —insistió la muchacha.

Souto negó con la cabeza. La muchacha puso sobre el mostrador la media caja.

—Para empezar, deseo que lleves esta —sonrió—. Ahora te enseñaré cómo ensobrar más rápido.

—Ensobrar —repitió Souto.

La muchacha abrió la caja y sacó varios de aquellos papelitos de cuatro puntas. Cuadrarlos sobre el mostrador y rasparlos con la uña del dedo gordo constituyó un solo movimiento. Simuló engomar con un pincelito la simetría de franjas escalonadas.

—Así ganarás tiempo —aseguró la muchacha devolviendo todo a la caja y cerrándola. Contuvo el aliento cuando Souto rodeó su carga con el brazo y la levantó—. Lo siento —exhaló de nuevo la muchacha.

—Tendrás que abrirle la puerta —dijo el hombre.

—Dígale cuánto —pidió la muchacha—. No lo ha preguntado y se marcha sin saberlo.

—¿Cuánto qué? —exclamó el hombre—. ¡Ah! Quince céntimos cada cien sobres. Nadie se queja.

A Souto la cifra no le dijo nada. Al cruzar la puerta que la muchacha le había abierto recibió su condolencia por partida doble:

—Qué mala suerte.

Souto habría preferido usar para el transporte el brazo natural de los diestros. Pensó en ello al dar los primeros pasos en la calle. Sin embargo, la caja se ajustó sin esfuerzo a la desarmonía de su nueva organización corporal. Aunque no pudo soslayar la desazón que leía en los rostros de la gente. Los conocidos se limitaban a saludarle por debajo de ese escozor, ni uno solo se movió, sin duda frenados por el rictus esforzado de la boca de Souto. Cecilio, que vigilaba su regreso, le salió al encuentro en la carretera.

—¿Qué traes ahí? —preguntó. No solo se sentía con fuerzas sino que las tenía, pero no consiguió que la caja pasara a sus manos. Luego, la curiosidad por lo que venía dentro absorbió sus iniciativas hasta que Souto la descargó sobre la mesa del comedor y arrastró una silla para sentarse. Los dedos de Cecilio rozaron con prevención el cartón del misterio.

—¿Qué viene aquí dentro, hijo?

El hijo movió la silla sin despegarse de ella hasta enfrentar la mesa con las rodillas debajo, abrió la caja y empezó a sacar enigmas para Cecilio. Alineó con mimo frente a él doce tacos de cromos a modo de cabezal, uno solitario de sobres, cerrando el despliegue con un par de frascos de goma y cuatro pinceles. Souto se recostó en el respaldo de la silla para contemplar su obra.

—*Blancanieves y los siete enanitos* —cantó sordamente.

A Cecilio ya se le habían caído los brazos al suelo.

—¿Blancanieves?, ¿enanitos? ¿De qué coño me hablas?

—¿Nunca te acostó la abuela con el cuento de Blancanieves?

—La abuela me hablaba de lamias con pies de gallina.

Desde su visita a Cromosa Souto no dejaba de recordar que escuchó por primera vez de Blancanieves a Irune en la playa en el descanso de una noche de amor.

—Pues mejor que te guste Blancanieves porque va a ser de la familia —dijo Souto.

Rasgó las fajas de los doce tacos y esparció cromos por la mesa. Cecilio se inclinó para saber qué había traído realmente el hijo.

—¡Son como los papelitos que venden a los chavales! —exclamó.

—Entre Blancanieves y yo botarán de alegría —dijo Souto.

Reía con la boca cerrada.

—¿Qué tienes tú que ver con esta Blancanieves? —preguntó Cecilio.

—Trabajo para ella —dijo Souto—, la meto en sobres, cien sobres quince céntimos.

El padre se incorporó.

—¿Quince céntimos? —Los dedos de una mano de Cecilio resbalaron por las figuritas—. Claro, alguien tenía que hacer los papelitos que andan por la calle.

Los labios de Souto seguían filtrando el aire de su risa al soplar tres palabras:

—Soy una mierda.

De un golpe Cecilio se enderezó.

—No digas eso, no lo digas —lloró.

—Soy una mierda —repitió Souto saboreando la frase impregnada de risa.

Cecilio abrazó sus hombros.

—Calla, hijo. Lo que pasa es que tienes una racha de mala suerte.

—Soy una mierda en la punta de un palo.

—Mira lo que trae ama.

Estaba Socorro en el umbral sosteniendo con ambas manos un kankarro con sopas humeantes de leche y pan hasta los bordes.

El encuentro de sus torpes dedazos con los papelines habría resultado descorazonador para Souto si hubiera depositado en aquella labor un atisbo de avenencia. No pegó ojo en toda la noche pensando en la sombría cita con su destino. Amaneció aliviado por la posibilidad de arrojarse por el balcón. Sin cumplir con su cuerpo ni con la otra cita matinal en la cocina, se sentó directamente a la mesa del comedor confiando en encontrar sobre ella únicamente el tapetito blanco central de siempre con el florero de cristal vacío. Pero allí seguía su destino.

A lo largo de una hora permaneció inmóvil estudiando al enemigo. Luego su mano izquierda avanzó para tocarlo, sus dedos rozaron los cromos revueltos como si quemaran, y la derecha repitió la cata. Y entonces el estallido de una garganta ronca se oyó en el comedor, cruzó el pasillo y llegó hasta la cocina: «¡Hostias de los cojones!», y Cecilio miró a Socorro sin recibir el menor mensaje y se dirigió a la puerta cerrada del comedor para aplicar la oreja, pero necesitó abrirla un resquicio para oír la música armoniosa de una manipulación de papeles. Si se hubiera atrevido a abrir la puerta algo más habría sorprendido a su hijo aplicado en la ordenación de aquel material de supervivencia. Souto lo había dispuesto según las indicaciones de la muchacha de la editorial. Despojó de su faja a cada juego de cromos y dispuso doce en arco frente a él. Cerca de su pecho colocó los sobres. Abrió un frasco de pegamento y se lo puso a mano juntamente con el pincel. Souto respiró hondo varias veces y empezó. Su dedo índice tardó varias horas en conseguir retirar a la primera el primer cromo de cada montoncito. Apilaba tres cromos distintos en el centro de cada sobre, los cubría volviendo tres puntas, y la cuarta, previamente engomada, cerraba el producto.

Cecilio lo llamó a mediodía para comer pero no hizo caso. Suspendió el combate al sentir los huesos doloridos ya anocheciendo. Sumó los sobrecitos fabricados: 423. El sentimiento de fracaso retrasó el cálculo del jornal: 63 céntimos. «Sesenta y tres céntimos», gimió para sí mismo. Visitó largamente el retrete antes de sentarse en la cocina.

—Nos ha tocado la lotería —anunció a la familia.

Cenó las alubias del mediodía que le sirvió Socorro.

Souto se presentó en Cromosa con la caja de cartón un sábado ocho días después de haberla recogido. A la muchacha se la advirtió agradablemente sorprendida.

—A otros el estreno les lleva más tiempo —sonrió.

—Veinticuatro mil ciento veintidós —dijo Souto depositando la caja en el mostrador.

La producción había ido creciendo día a día, la de hoy inferior a la de mañana, hasta alcanzar los 4317 sobres en el octavo. Souto tenía perfectamente apuntada la dura progresión, el papel lo llevaba en el bolsillo de la camisa a cuadros.

El hombre abrió la caja y metió la cabeza y luego las manos para revolver el océano de sobres.

—Puede ser —certificó.

—Puede ser, no. Es —dijo Souto.

—Estoy segura —dijo la muchacha.

—¿Es que no sabéis el papel que me he llevado? —exclamó Souto—. Aquí están todos los chorizos.

El hombre le clavó la mirada.

—Se trampea. Son las mujeres las que suelen llevar y traer las cajas y tendrías que ver sus caras de monjitas cuando mienten.

—Solo una de cada cien —aclaró la muchacha.

—Yo no tengo cara de monja —dijo Souto.

La muchacha regresó a su mesa y, sin sentarse, sacó una rápida cuenta con lápiz y papel.

—Treinta y seis pesetas con dieciocho céntimos —anunció—. Los céntimos quedan para el siguiente abono.

Souto asintió. No tuvo necesidad de confrontar las 36 pesetas de Cromosa con las 36 del papel en su bolsillo. La muchacha sacó de un cajón una pequeña caja de metal, la abrió sobre su mesa con una llavecita y contó dinero. De regreso al mostrador depositó en la mano abierta de Souto un pago en monedas y un lápiz para que firmara un recibo.

—Es la norma —dijo.

—Es bueno echar una firma de vez en cuando —sonrió Souto firmando.

El hombre trató de ser gracioso:

—No ha sido mala cosecha para un novato.

—¿Es buena cosecha para vosotros once horas y más por jornada? —preguntó Souto.

—Si vas a llevarte otra caja es que estás seguro de que rebajarás ese tiempo —dijo el hombre.

—Me llevo otra caja —dijo Souto.

—Una pequeña —dijo la muchacha. Y ante la mirada de Souto añadió—: Es por el peso, no por otra cosa. —Levantó una del suelo y la subió al mostrador.

—¿Blancanieves? —preguntó Souto.

—Blancanieves —dijo la muchacha—. ¿Te ha gustado?... Qué tonta, nadie lee los cromos.

—Me gusta más ensobrar cromos de Blancanieves que otros.

El cambio de tono de Souto no pasó desapercibido a la pareja. La muchacha miró al hombre antes de que hablara y él se rascó la coronilla y expuso:

—Pasaremos a Caperucita en dos meses. Luego Dios dirá.

—Caperucita —repitió Souto.

—*Caperucita Roja* —precisó la muchacha—. Las dos colecciones están siendo éxitos de venta entre los críos.

—Pero la mina de oro para Cromosa ha sido Blancanieves y los enanos —dijo el hombre—. Sentó las bases. Es la que imprimimos año tras año.

—¿Es que hay más? —preguntó Souto con recelo.

La muchacha se llevó una mano al cuello y se anticipó al hombre:

—Los álbumes de futbolistas salen los últimos a fin de recoger todos los fichajes de cada temporada.

Souto se apoderó de la caja y la apoyó en su cadera.

—Pesa lo mismo pero la traeré antes —aseguró, girando para tomar la manilla de la puerta. Les pareció que gruñía su espalda—: A ver si se olvidan de un jodido como yo.

—No digas eso —murmuró la muchacha. Creyó en la salvación de Souto cuando le vio volverse con una solidez reconfortante:

—¿Por qué estas cajas las suelen llevar las mujeres?

—Porque los hombres se avergüenzan de tener que agarrarse a este trabajo y no quieren que les vean con las cajas por la calle —respondió la muchacha. Sonrió—: A lo mejor es verdad que nosotras somos las mártires de la historia.

Pero Souto ya había desaparecido.

En este segundo viaje Cecilio lo esperaba en el balcón. Bajó a recogerle el bulto eximiéndole de cargar con él por las escaleras. Con la caja sobre la mesa de trabajo y Souto sentado sin la muleta, esperó de pie alguna explicación del hijo. Souto sacó del bolsillo las 36 pesetas y se las tendió con un ruego:

—Toma y ponlas con esas tres cincuenta de la leche que nunca se gastan.

Primero Cecilio tragó saliva y luego sonrió.

—Había que hacerlo —dijo sencillamente.

—Para que ella se saliera con la suya. ¿De parte de quién estás?, ¿de quién fue la ocurrencia?

—De menda.

—Nosotros no queremos vivir de la caridad.

—Viniendo de ella no es caridad.

Souto se puso en pie de un salto apoyándose en la mesa y el padre dio un paso atrás.

—Es ya una mujer como otra cualquiera —gruñó—. Es solo una mujer. Mañana le pagaré las últimas tres cincuenta y no vendrá más. Vete buscando otra lechera.

Al día siguiente, domingo, a Irune no le alentó la menor esperanza el ver de pronto a Souto en el umbral del portal sin el puchero. Ni una ni otro olvidarían jamás su cruce de miradas. Pasó demasiado tiempo sin que hubiera algo más. Souto olvidó para qué estaba allí, a pesar de que lo había negociado consigo mismo por la noche. Era un final, pero el final de dos inocentes. ¿Cómo se acaba con un viejo amor? Su gran aliada sería la muleta. De primeras había pensado en un encuentro distanciado, ella abajo y él arriba; pero en el balcón la muleta quedaría desdibujada. «Si la ve otra vez sobrarán todas las palabras», pensó.

—Hola —dijo.

Irune pasó la medida de la leche que llevaba en su mano derecha a la que sostenía la cacharra contra su cadera.

—Vamos, págame por última vez —dijo, extendiendo la mano libre.

Souto vaciló antes de poner dócilmente el dinero donde le señalaban.

—Es la última vez —anunció.

—No te preocupes, yo lo he dicho antes. ¿Te arreglas bien con eso?

Souto volvió el rostro a la muleta.

—Bien. Esta nunca tiene agujetas.

«Es el mismo de siempre», pensó Irune conmoviéndose.

—Así que lo llevas adelante —dijo.

—¿Adelante? —repitió Souto. Sostuvo la mirada de ella al tiempo que afirmaba con la cabeza.

—¿Y lo podrás aguantar?

Souto se enderezó.

—¿Que si lo podré aguantar? ¿Que si lo podré aguantar? ¿No lo estoy aguantando ya? —Calló para respirar tres veces—. No hay otra salida para nosotros. Si ha de haber un cojo de mierda en una familia que haya solo uno y no dos. Si esta vez has cobrado sin vuelta es porque tengo un trabajo, ¡el cojo ha encontrado un trabajo! Los padres y yo estamos salvados, la madre podrá vigilar todos los días un puchero...

—Con otra leche.

—Sí, otra leche. Lo bonito se acabó para siempre. He dejado de ser un hombre, ninguna mujer me compraría en una feria. ¿Por qué tú ibas a ser diferente? —Irune negó violentamente con la cabeza—. Si tú fueras la coja con muleta te largarías de mi lado como si quemara. Un hombre solo piensa en hacer feliz a una mujer, pero el sitio de una mierda es un pozo, ¡y desde un agujero no puedes hacer feliz a nadie!

Irune dejó en el suelo la cacharra y la medida y llevó de la mano al convulso Souto al interior del portal hasta sentarlo en el segundo peldaño de la escalera. Como no era ancha, cuando ella la ocupó sus cuerpos se tocaron.

—¿Quién está ahí? —preguntó Souto al descubrir una figurita recortada en el umbral.

—Es Andrés, mi hermano. Lo he traído porque quería verte, y si se atreve, tocarte. Como ves, no asustas a nadie.

Souto soltó bruscamente la muleta para agarrarse la cabeza con las manos.

—Que se vaya —roncó.

—No se moverá de ahí, solo quiere mirarte.

—¡Que se vaya de una puta vez!

Irune envió a su hermano una suave indicación.

—Me esperas jugando en el patio de la escuela.
—El pequeño desapareció como un relámpago—. Lo
has asustado.

—A ver si se entera de lo que es la vida —dijo
Souto.

—Sabes que te tiene por las nubes. —El rostro de
Souto se volvió con lento asombro hacia ella—. Podía haber visto a un héroe, a otro héroe, porque te
crees un héroe por hacer lo que haces conmigo. ¿Lo
harías si yo te dijera lo que ocurrirá? Crees que estás
salvando a Irune de un mal futuro contigo, que se case
con otro y sea feliz. Pero te engañas a ti mismo. Piensas que me quieres bien casada con otro, pero la verdad es que me quieres llorona y birrocha o metida en
un convento. Me gustaría ver tu cara cuando sepas que
me he ido con un morenazo.

Las manos de Souto se desplomaron sobre sus rodillas y pareció que descubría entonces que Irune y él
llenaban el mismo peldaño.

—¿Qué dices, mujer? —gimió.

Ella se llevó un pañuelo a los ojos.

—Teniéndote ahora tan cerca qué lejos suena eso.
—Irune hizo ademán de levantarse.

—Quieta. Los que no tienen ya nada que ver pueden seguir así por última vez. Es como pensar en una
foto antigua.

Irune lo contempló a través de la humedad de sus ojos.

—¿Es verdad que ya no significo nada para ti? No me lo puedes hacer creer y menos sentado aquí conmigo.

—Es la última vez que hablaremos. Además, tenía que dar la cara.

—Si tú lo dices...

—Bueno, pues ya te lo he dicho de tú a tú, de palabra, y es mi última palabra. Que seas feliz con el florero. Muy feliz.

—¿Te refieres al panoli de las flores? ¡Qué tontería!

«Ahora se levantará», pensó Irune. Pero Souto no se levantó. «No quiere herirme más, espera que yo me levante primero.» El silencio fue largo y duro. Era una de esas situaciones en que uno debe ayudar al otro. Irune se puso a elegir la frase del adiós que resonaría en su interior hasta la muerte, aunque no pudo creer del todo en ello y entonces le llegaron unos estertores. Miró, y por la boca de Souto circulaba un aire húmedo de ida y vuelta. Se volvió a él.

—Por favor, no pienses más en ello, estas cosas pasan todos los días sin que se hunda el mundo —y le frotaba el dorso de una mano—. Mira, nos decimos adiós como la buena gente y cada uno por su lado. Tienes un trabajo y los duelos con pan son menos... Por cierto, ¿qué clase de trabajo? —y esperó con verdadero interés.

Souto no solo suspendió sus estertores sino también su respiración.

—*Blancanieves y los siete enanitos* —pudo articular. Irune paralizó sus caricias.

—¿Qué?

—Blancanieves. Cromos. Malditos cromos para coleccionar. Me siento en casa y los meto en sobres. Sentado. Es un trabajo para hacerlo sentado, esto es muy importante. La única especialidad que se necesita es saber estar bien sentado. Se gana para pagar la leche.

—Es un trabajo. Me alegro. Mi hermanito se pasa todo el año pegando cromos en un álbum y nunca lo llena.

—No de Blancanieves.

—Solo compra de fútbol.

—¿Por qué no le quitas esa locura de la cabeza? Ella recibió un temblor del otro cuerpo.

—¿Por qué? Es su ilusión. Le oigo hablar con sus amiguitos de tu gol.

—Dile que lo metí de un manotazo.

—¿Qué importa con la mano o con la cabeza?

—Díselo. Él sí lo entenderá.

—Yo no le cuento mentiras.

—Quizá no sea una mentira y le sacarías los fantasmas de la cabeza.

Irune se puso en pie y al poder contemplar mejor al Souto acabado reconoció no estar a la altura de semejante descalabro. Recogió del suelo la muleta y rozó con ella la mano derecha del hombre para que la tomase. Esperó a que se levantara y solo entonces se retiró hasta la puerta. Levantó la cacharra y la medida, y al depositarlas sobre la burra y contemplar la paciente expresión de la cabezota del animal y sentirse condicionada por las palabras que le iba a dirigir, tuvo por primera vez la certidumbre de que su gran sueño podía estar muerto:

—Con lo bien que te sabías ya el camino, *Genoveva* —habló a la burra.

En 1947 el Athletic quedó segundo en la Liga y en la final de Copa fue batido por el Madrid, pero a Souto Menaya el fútbol parecía quedarle lejos y no reparó en esas menudencias. Era Cecilio el encargado de llevar las buenas nuevas y las malas y lo solía hacer en la comida del mediodía, pero Souto nunca levantaba la nariz del plato. Cecilio aún continuaba yendo algunos domingos a San Mamés, solo a partidos memorables, contra el Madrid, el Barcelona o el Betis. A partir de su lesión Souto no lo había pisado, ni siquiera como espectador, y el padre nunca se atrevió a proponérselo, consciente de su gran cambio, que entendía a medias. Y no le faltaban argumentos: ocurría que, a su regreso de aquellos partidos, lo primero que hacía en casa era pisar el comedor donde Souto estaba con sus cromos para escuchar su pregunta dormida, como sombra de otro tiempo: «¿Qué ha hecho el Athletic?». Para Cecilio era el gran momento de esos domingos, mucho más caliente que los propios partidos, y llegó a sospechar si solo por ello iba a San Mamés. Pero no se engañaba: sabía que la pregunta de su hijo era solo un ruido muerto, que la pronunciaba entre dientes y en susurros, sin mirarle y sin interrumpir ni un segundo el ritmo maquinal de su trabajo. Le habría gustado saber si se enteraba de los goles que le notificaba.

En agosto, Souto iba ya por los 4500 sobrecitos diarios en diez horas, que suponían 6,75 pesetas. El sobrio entusiasmo que no escondía ante la muchacha y el hombre de la editorial quizá no se ajustara a una preceptiva sindicalista, pero era auténtico. En sus inicios en ese quehacer había creído descubrir que una cadencia soterrada ponía música en sus dedos. Algo semejante había ocurrido en el andamio cuando con la paleta tocaba el ánima de la masa y los ladrillos. El prodigio se producía únicamente los sábados y vísperas de fiesta, momentos de excitantes promesas que hervían la sangre. Con todo, en los cromos era diferente. Empezó por aplicar el mismo sistema que en el andamio, ahora con cromos en vez de ladrillos y ensobrando en vez de levantando paredes. Pronto advirtió que no era lo mismo. Los cromos hablaban, había en ellos personitas que cobraban vida si él las hacía circular con vértigo bajo sus ojos. Iba componiendo una historia troceada a medida que tomaba cromos aquí y allá de las pilas. Lo que empezó como simple curiosidad acabó siendo pasión por el folletín. La urgencia por saber más y más de Blancanieves aceleraba sus dedos y mejoraba sus ingresos. La muchacha de Cromosa recibía cada nueva caja con un ¿ya acabaste? de asombro. «¿Cuántas cajas tiene Blancanieves?», preguntaba Souto. «¡Uf!, muchas, pero no todas son para ti, hay más ensobradores.» La historia troceada dejaba lagunas. Para rellenarlas, Souto hubo de iniciarse en la creación narrativa. Cuando el espejito mágico dice a la malcarada reina que no es ella la más bella sino Blancanieves, y el cazador encargado de matarla... Los revolucionados cromos, oh desilusión, saltaban hasta la casa de los enanitos con Blancanieves ya dentro. ¿Qué pasó en el bosque? Souto se inventó al príncipe matando al cazador y enamorándose de Blancanieves, que huye en plena lucha y el príncipe pierde su pista hasta el beso final que la resucita. La versión de Souto era más romántica que la original.

Había de exprimirse la mollera cuando retiraba de las pilas un cierto orden torcido de cromos que escribía la historia de atrás adelante. Si empezaba ensobrando cromos que contaban la furia de la reina al conocer la superior belleza de Blancanieves, Souto se preguntaba por qué coño en los siguientes cromos se casaba la reina con un padre con semejante hija y de seguido el espejo la colmaba de dicha al proclamar su belleza sin par.

En sus visitas semanales a la editorial Souto comentaba estos asombros con la muchacha y esta sonreía cambiando miradas con el hombre. «Cuánto te preocupan y les das vueltas a los episodios de Blancanieves», decía ella. «A don Amancio le gusta que nuestros colaboradores se interesen tanto por lo que tienen entre manos porque así mejora la producción», señalaba el hombre. Souto utilizaría su reconocida vinculación con Blancanieves cuando llegó agosto y empezó a oírles que era momento de empezar con los cromos de fútbol.

Una madrugada Souto despertó abruptamente y se encontró sentado en la cama bañado en sudor. «Es imposible que me ocurra. Yo fui uno de ellos.» En las dos entregas siguientes apretó su guardia llegando a jurar que no respondería de su trabajo si le entregaban otra cosa que no fuera Blancanieves.

Y así llegó aquella mañana de septiembre fría y lluviosa en que se produjo lo temido. Lo primero que puso en alerta a Souto fue la ausencia por primera vez de la muchacha. Y entonces fue cuando creyó advertir en el hombre un aire volandero al quedar entre los dos la nueva caja de cromos.

—Qué pasa —preguntó Souto.

—Nada. —Y luego añadió—: Tráelos pronto, deben estar en la calle a una con la Liga.

Y entonces fue cuando Souto preguntó:

—¿Qué tiene que ver la Liga con Blancanieves?

Jamás una caja le había pesado tanto, no obstante ser igual que las anteriores. Como de costumbre, Cecilio le salió a la puerta de la calle para hacerse cargo del paquete y subirlo por las escaleras. Souto alentó hasta el último momento la esperanza de haber sido demasiado suspicaz. Sin refugiarse en el retraso que ganaría desvistiéndose, se sentó a la mesa del comedor, que ahora era de trabajo, frente a la caja de cartón depositada allí por Cecilio. No la abrió con la soltura de otras veces, no extendió el contenido con la misma aplicación. Allí aparecieron en desorden pilas de cromos y de sobres. Había algo más; un álbum titulado *Liga de Fútbol 1947-1948*. No fue el hijo quien lo cogió sino el padre. Lo abrió, pasó la primera página y la siguiente la subió hasta sus ojos.

—¡Estarás la hostia de guapo! —exclamó—. Lo tiene que ver tu madre.

Souto habría seguido refugiado en su inmovilidad de no haber existido la segunda frase. De un zarpazo se hizo con el álbum y miró. La página se titulaba FIGURAS y carecía de fotos pero no de marcos rectangulares vacíos para ellas. Cada uno llevaba a su pie un nombre. Souto localizó de un golpe el suyo.

—No estoy —dijo—. No sé qué quieres que vea ama.

—Es tu sitio, ahí te pondrán los chavales. El mundo del fútbol no te olvida.

La mirada de Souto recorrió los cromos primeros de cada paquetito. Ninguno era él. Y todos los cromos restantes de la pila serían iguales al de la cabeza, como en Blancanieves. Aunque los cromos de la caja que acababa de traer solo llenarían unas pocas páginas de un álbum que necesitaba de muchas cajas. «Quizá no haya venido mi cromo en este primer viaje, quizá el nombre de este muerto haya sido descartado a última hora y en el álbum aparece por error, quizá yo haya mirado mal y todos esos cromos sean de Blancanieves y pueda quemar el álbum que me dieron por error», se decía Souto.

Los lotes de cromos enfajados yacían revueltos en la mesa, todos demasiado iguales. Uno había caído sobre un cenicero de cristal y se mantenía en un equilibrio incierto columpiando la foto de Souto. «Seguramente soy el único de esa partida, si lo rompo no estaré en el resto», pensó incluso cuando su mano avanzó hacia la pila, la cogió y rasgó la faja. Cuando se descubrió a sí mismo repetido lo que le pareció un millón de veces, aún pensó con desfallecimiento: «Quizá ocurra esto en el único lote, quizá no haya en ningún sitio más de Souto Menaya». Cecilio se lo arrebató y con él y el álbum salió del comedor exclamando:

—¡Este es mi hijo y su madre lo tiene que ver!

Fue a su regreso cuando estalló Souto:

—¡Me volveréis loco entre todos!

—Te diré, hijo, lo que ha hecho tu madre —dijo Cecilio dando suelta a su emoción y mostrando a Souto el álbum abierto—. Me esperaba en la cocina con un alfiler en la mano y mirando hacia Dios sabe dónde. Puse tu foto en su lugar de la página y se la acerqué a los ojos y ella me puso el alfiler en la mano y no se dio la vuelta hasta que te clavé. ¡Mira qué bien ha quedado!

Souto calló considerando a su padre. Luego simplemente aceptó el álbum que le devolvía.

—Acabaréis por volverme loco —repitió.

—Somos tus padres y estamos orgullosos de nuestro hijo. Entonces no querías más que jugar en el Athletic... ¡y ahora aún se acuerdan de ti!

—Lo de entonces me importa una mierda...

—No hables así, hijo, no piensas lo que dices. Metiste uno de los goles más importantes de la historia del Athletic y nadie lo olvidará.

Souto arrojó con violencia el álbum contra la pared.

—Me importa ya tres cojones.

—Calla, calla..., aunque sea por tu madre. Mi pequeño Souto ha tenido mala suerte, eso es todo. —Cecilio agitó la cabeza como buey herido—. Cálmate, hijo, porque mi pequeño de entonces no pensaría como tú...

Souto agarró la muleta y convirtió el suelo en un tambor con sus golpes.

—¿Quieres empezar de nuevo con tu Athletic, Athletic, Athletic? —gimió.

Cinco semanas después sonó la aldaba del portal, se asomó Cecilio y entró en el comedor.

—Es aquel periodista. Vamos a limpiar la mesa de todo esto.

—No —le frenó Souto—. Que vea cómo están las cosas por aquí, que el muchacho aproveche su viaje desde Madrid y escriba en su periódico cuál es la verdad del fútbol. Hay que abrir los ojos a los chavales.

El periodista, por suerte para él, encontraría a un Souto mejorado, si bien nada de lo que tocaba a los cromos dejaba de ser amargo, tampoco aquel desnudamiento ante el mensajero de Madrid. En aquellas cinco semanas alguien de Cromosa había tenido hacia él un gesto inolvidable. Aunque Blancanieves había llegado a resultarle digerible, su contacto anterior con relatos de ficción había sido nulo, excepto los libros de Historia y Religión de la escuela. Blancanieves dignificó no solo un primer acercamiento a esa literatura sino que le abrió las puertas a personajes apasionantes y a rudimentarias y personales aportaciones a las secuencias, que blanquearon tímidamente sus vacíos. Pero la irrupción de los malditos cromos de fútbol instaló bajo sus ojos una historia negra que casualmente era la suya. «Me sacarán en una película que pondrán en el Gran Cinema de Algorta», pensó. Como los de Cromosa se habían desentendido de su desesperado interés en demostrarles su buen hacer con Blancanieves, Souto decidió llevarles sobrecitos conteniendo uno, dos o incluso cuatro cromos en vez de los tres reglamentarios. Nunca el de Souto Menaya figuraba en esos errores. Si en las pilas que le entregaban en cada ocasión había alguna con él, simplemente la quemaba en la cocina. Ellos no tardaron en advertir los fallos. Anticipándose a una drástica resolución, la muchacha rogó a sus jefes una charla personal con el descuidado.

—No nos podíamos imaginar..., no me podía imaginar... —La caja traída por Souto estaba sin abrir sobre el mostrador. La muchacha y él se miraron. No estaba el hombre—. No podré arreglarlo todo, no podré darte solo de Blancanieves o de cualquier otro cuento de tu gusto porque la Liga está en marcha y tira mucho, tenemos a tope la distribución. —La muchacha se tocó el cuello de su vestido—. Es solo un cromo, ¿verdad? —Souto tampoco bajó la mirada—. Aquello ocurrió, ¿verdad?, y es doloroso revivirlo, y esto de ahora te parece una trampa... Bueno, no sé, el caso es que lo siento mucho. —Se mordió los labios—. Te he preparado una caja... sin ese cromo. Pero chitón, ¿eh? De modo que tranquilo. Haré todo lo posible para que en las próximas cajas no veas tu rostro.

El brazo de Souto sobrevoló el mostrador, pero antes de coger la caja encerró por un instante en su mano la mano recogida de la muchacha.

En esta segunda visita del periodista sus pasos por el pasillo le sonaron más vivos que la primera vez. Se detuvo en el umbral una figura más asentada y sonriente.

—Buenas tardes, señor Menaya —saludó entrando y agitando cordialmente la mano de Souto—. No, no se levante —Souto no había hecho ningún movimiento—, que me siento sin más preámbulos —y esta vez él mismo sacó la silla de bajo la mesa y el cuerpo que la ocupó siguió vibrante—. ¿Cómo se encuentra de salud y todo lo demás? —y su mirada se detuvo demasiado tiempo en el enjambre colorista de cromos, sobres, frascos y brochitas.

—¿Vienes con más fotos? —preguntó Souto con algo que al visitante le pareció media sonrisa.

—Le traigo buenas noticias. Se aclaró su futuro. Puede arrojar toda esa humillación a la basura —y lanzó una despectiva mirada al barullo de la mesa.

—Lo que da de comer honradamente nunca es humillación —dijo Souto, asombrándose de oírse.

El periodista se recogió.

—Perdóneme, pero es que es tan bueno para usted lo que le traigo...

El periodista conservaba su cara de niño y sus gafitas de alambre. Souto no quiso truncar tan pronto su entusiasmo, le caía bien.

—Traes esa foto de la décima de segundo siguiente —apuntó, buscando mejor postura en la silla.

—Ah, no, no, esto es diferente... aunque persigue el mismo fin. ¿Recuerda? El gol que pudo meter con la mano... Es lo que aún se rumorea por ahí... ¿Sigue usted pensando que lo metió con la cabeza?

—Amigo, te podría decir que hoy tengo en la cabeza más lío que entonces. Pero, la verdad, no he vuelto a pensar ni un minuto en el asunto, no quiero pensar ni en ese jodido gol ni en todo lo de entonces. Ahora ando con otros goles —y echó una reojada apacible a la mesa.

—Estamos muy al corriente. Conocemos su situación, a qué se ha tenido que agarrar...

Souto parpadeó.

—Madrid parece un barrio de Getxo. ¿No tenéis un cotilleo mejor para no aburriros?

—Soy el mensajero de una propuesta interesante —anunció el periodista con un carraspeo y poniéndose en pie con cierta solemnidad—. Escuche, señor Menaya: le hemos encontrado un buen trabajo, olvídese de esos pobretones papeluchos. Lo que le traemos es un trabajo a su medida, puede creerme. Es lo menos que usted se merece. Y es este: empleado de CAMPSA. Controlador. De plantilla. Contrato en firme hasta su jubilación. Dos mil pesetas en mano y cuatrocientas de sueldo al mes. Autobús diario de la empresa para ir y venir. Su puesto de trabajo está en los grandes depósitos de CAMPSA que se ven desde este lado del Abra, según me han dicho. Un puesto de trabajo sentado ante un manómetro, nunca tendrá que desplazarse de un lado a otro. Sentado las ocho horas.

El periodista se detuvo para respirar.

—¿Dónde está la trampa? —preguntó Souto, aunque conocía la respuesta. Pero sintió curiosidad por escuchársela.

El periodista sonrió.

—El gol, su gol, que ahora regresa para salvarle. Confiese la verdad y su futuro quedará resuelto.

—No me llames mentiroso —exclamó Souto—. Yo nunca he abierto la boca sobre este caso.

—Eso es muy cierto. Perdone. Entonces ábrala de una vez para confesarlo.

Souto volvió la cara hacia los cristales. El cielo nublado le recordó que octubre siempre le pareció un mes coitado. No supo si reír o llorar.

—No tiene que dar hoy una respuesta. Piénselo. —El periodista se hallaba algo desilusionado, había esperado cierto entusiasmo—. Ni siquiera tendría que mentir, usted mismo creo que ignora cómo lo metió... Pero no deje transcurrir más de una semana. Ellos tienen prisa.

Souto regresó a una pregunta pendiente.

—¿Quiénes son ellos? Te envía *Marca,* ¿no? ¿Qué música se trae *Marca* con CAMPSA?

El periodista regresó a su silla disciplinadamente.

—Es verdad que mi periódico mueve el asunto desde el principio, desde que yo estuve con usted y se negó a contar la verdad... Perdón, a contar algo, fuera lo que fuese. Hay más gente con CAMPSA, gente de las alturas, del Régimen.

Souto se sintió interesado por primera vez.

—¿Qué régimen? El Régimen, claro... ¿Tanto le interesa al Régimen lo que yo diga?

—No lo sabe usted bien.

—Fue solo un gol. La Copa vino para Bilbao como podía haber ido para Ceuta.

—El Ceuta no es de primera división ni es vasco.

—¿Por qué armar tanta hostia al cabo del tiempo? —Souto no quiso leer en la mirada fija del periodista pero finalmente lo hizo—. Es Madrid, ¿verdad? —El periodista asintió con la cabeza—. ¿Patxi? ¿Franco?

—No me extrañaría.

—A Franco no le gusta el fútbol y entregando copas no se ha podido aficionar.

—Quizá a Franco, a CAMPSA y a todos los demás lo que menos les importa sea el fútbol.

—¡Pero aquello solo era fútbol!

—No para ellos... Y para usted, señor Menaya, ¿era algo más?

A Souto no le costó mucho negarse a recorrer el tiempo hacia atrás. Estuvo a punto de componer para el periodista algo así como «todo aquello está enterrado», pero no quiso acercarse mucho al fuego.

—Todo es una mierda —dijo.

El periodista volvió a ponerse en pie y salvó nerviosamente varias veces la distancia entre paredes, que no era mucha.

—Fútbol, política, la cosa vasca..., no olvidemos la cosa vasca.

—No, no la olvidemos, porque es de aquí y no tenía que estar allí —murmuró Souto con escaso entusiasmo.

—Estoy enturbiando mi gestión. No me negará que estoy siendo demasiado sincero con usted. Me echarán de *Marca.* Usted también fue entonces sincero conmigo al declarar que pudo meterlo con la cabeza pero también con la mano, la rodilla, el culo. Me hizo mucha gracia lo del culo. Pudo jurarme mil veces que lo metió con la cabeza... pero no lo hizo.

—¿No querías llevarte la verdad? Pues esa es la verdad.

—¿Cómo un vasco va a echar para comida de fieras que metió aquel gol con la mano? ¡Qué mancha para vuestra Euskadi! El Athletic de Bilbao es vasco, aquel gol fue vasco, usted es vasco... —El periodista se había excitado y su mano describió un arco en el aire—. Punto final. Regreso a Madrid con el rabo entre piernas. Mucho gusto en haberle conocido y usted perdone.

Souto no tomó la mano que le tendía.

—Hábleme de ese trabajo.

El periodista lo pensó durante unos segundos y, con escasa fe, desgranó de nuevo la detallada oferta antes de sentarse. Añadió algo más al extraer un sobre del bolsillo interior de su chaqueta:

—Si usted firma esta confesión el propio presidente de CAMPSA firmaría este contrato garantizándole de por vida un puesto de controlador en su empresa. Sentado toda la jornada ante un manómetro. Lea despacio varias veces ambos documentos... Conteste en una semana... Yo mismo desearía una seguridad laboral así en mi vapuleada profesión.

Del sobre habían pasado dos tersos papeles amarillos tamaño folio a manos de Souto, quien ni siquiera los miró. El periodista aprovechó el remanso para observar con detenimiento al postrado Souto. Siempre lo había hecho atosigado por su propia responsabilidad. Ahora su mirada paseó por los materiales de trabajo cubriendo la mesa y por el rostro del ex futbolista. Luego la muleta lo enterneció. Su dictamen fue desolador. Tosió un par de veces buscando las palabras. No las encontró de su gusto y se decidió por lo directo.

—Firme usted, señor Menaya —y añadió un ruego que le salió del alma—: Por favor.

Souto giró el cuello para preguntar:

—¿Sentado?

—No soy quién para decirte lo que debes hacer, solo soy tu padre. Dejé la puerta entornada y oí lo que te ha traído ese chico tan figurín que ojalá nunca hubiera aparecido por aquí. Cada uno es libre de largar lo que quiera, así lo pienso, que para prohibir mear como uno quiere ya está Franco. Al pobre chico lo envían con este *iribio*, ¿y qué va a hacer él? Cobra un sueldo de ese papel *Marca* empeñado en que sueltes que metiste ese gol con la mano, cosa que ni a ti ni a mí ni a nadie se nos había ocurrido pensar. ¡Claro que no lo metiste con la mano! ¿Tenemos que empezar a preguntarnos si lo metiste o no con la mano porque a ellos se les ponga en los cojones? Vivíamos muy tranquilos hasta que ese chupatintas pisó nuestra casa para revolvernos. ¿Por qué vamos a bailar al son que nos canten? ¿Por qué no se lo preguntan al árbitro en vez de a ti? Ni tú ni yo ni ninguno de esta tierra nuestra nos preguntamos nunca si lo metiste con la mano o con la polla. Tienen fotos pero ninguna canta. ¡Que nos dejen en paz! Y ahora nos vienen con ese anzuelo del demonio de las cuatrocientas pesetas al mes. Yo, ni digo ni no digo, hijo. Es cosa tuya y tuya es la última palabra. Caíste con los mayores honores a pies de un cabrón sobre el verde de San Mamés y son tuyos todos los derechos a hablar. Pero aunque se trata de tu futuro no debes olvidar el pasado. Aunque caíste el único en la batalla no estabas solo porque vestías nuestros colores rojiblancos. ¡El Athletic, hijo, el Athletic! ¿Qué saben ellos del Athletic? Quieren comprar con plata un sentimiento de nuestro corazón que no tiene precio, una historia limpia y gloriosa. Sí, hijo, nuestro corazón. Y tampoco me avergüenzo de estas lágrimas que me seco con el pañuelo. Pero, hijo, que sepas que no te machaco con todo esto para torcer tu voluntad, ¡líbreme Dios de hacerlo! Aceptaré lo que firmes o no firmes. Te juro que pienso a todas horas en lo mucho que has perdido. Sé lo que hace sentir a un hombre una hermosa hembra como Irune. Yo también fui joven, hijo. Pero por suerte no perdí a la mía. No me atrevo a preguntarme qué locuras habría cometido de haber perdido la novia... Hay que estar en tu pellejo. A lo mejor te habrías librado de tu mala suerte, quiero decir que tu madre no te habría parido. Claro que en mi tiempo el Athletic no era lo que es hoy. ¡Miento! ¡El Athletic siempre fue el Athletic...! Ya ves cómo vuelvo a sacar el pañuelo. Piénsalo bien antes de decir sí o no, pero decide tú. Con el sí o con el no, siempre me tendrás a tu lado. No es agradable para un padre ver tan caído a un hijo. Aunque pienso que nos vamos arreglando, te ha salido un trabajo, un trabajo chiquito, sí, pero que ahí está, y que con mi pensioncita... ¿Esos papeles que tienes en las manos son los que vas a romper? ¡Qué hijoputa ese mandado de Madrid echándotelos encima...! Retiro lo de romper, hijo. Ya no sé ni lo que suelto... ¿Quién nos iba a decir cómo acabaría todo cuando yo te llevaba de la mano a San Mamés? ¿Te queda algo de aquel bendito tiempo, pequeño mío? Una última cosa: puedes romper esos jodidos papeles sin miedo a arrepentirte al punto, porque ellos te traerán otros enseguida. Tienen muchos. Así que puedes romperlos tranquilamente.

Souto jamás llegaría a estar seguro de si tantas palabras seguidas las escuchó de boca de su padre o le llegaron en una pesadilla nocturna; al menos, sí que recuerda que no se movió de la silla con los papeles amarillos en la mano. Quizá ni siquiera lo escuchó sino que estuvo deseando dejar de oír aquel runrún. Luego dobló en cuatro los documentos y se los metió en un bolsillo de su camisa a cuadros.

Antes de las nueve de la mañana del día siguiente, martes, una mujer salió a la calle tras veintiún años sin pisarla. La gente tardó en reconocerla y cuando lo hacían comentaban: «Pues era verdad que estaba viva dentro de esa casa de las barreras». La firme determinación de sus pasos, su mirada perdida en la distancia y su leyenda hicieron que nadie le dirigiera la palabra. Los libres de ocupación la siguieron por ver qué milagro la hacía salir al pueblo. A distancia prudencial la acompañaron hasta el cruce de Venancio y arriba de Sarrikobaso, donde se apoderó de la burra de Irune Berroyarza, la de Berroena, y arreó con ella y sus cacharras, al parecer, de vuelta a casa. Pasó ante las narices de los que la habían seguido, ahora parados, y cuando iban a reanudar la persecución, les rebasó la propia Irune con la cacharra del último reparto contra su cadera y la medida en la otra mano. Se colocó a la cabeza del grupo para apoyar el plan de Socorro antes de saber cuál era.

Ante el portal de los Menaya tuvo lugar un cambio de burro por burra. El de Benito el lechero fue despedido a manotazos por Socorro, el propio Benito se fue con él y la burra de Irune recuperó su trono. Cuando Socorro bajó al portal con el puchero, allí estaba la legítima repartidora para servirle las tres medidas. Irune no pudo encontrar la mirada de complicidad que hubiera deseado. Cediendo a un impulso irresistible, en lugar de despedirse con el *agur* habitual, devolvió la cacharra a la burra, la ató al poste de siempre y subió las escaleras. Lo descubrió al extremo del pasillo y no pudo dar ni el primer paso hacia él porque le llegó su orden:

—Quieta. Abre los ojos por una vez y mira qué paquete te quieres llevar.

Souto había pretendido una representación hinchada pero no logró añadirse más desperfectos. Al menos, cambió su marcha vehemente de los últimos tiempos por otra arrastrada y renqueante, y agotó el pasillo en un avance que a Irune se le hizo interminable. Lo amó más que nunca. El último acercamiento lo realizó al recortar la distancia a que él había quedado. Sus prendas se rozaron y ella se apoderó del brazo libre de la muleta y se lo enroscó al cuello como una bufanda. Souto no pudo rehuir el latigazo que le azotó con el roce de carnes.

—Algo bueno para nosotros acaba de ocurrir dentro de esta casa —dijo Irune—. Tu madre hace milagros.

—¿Tú crees? —tuvo que hablar Souto.

—Estoy segura.

El rostro de Irune se cubrió de ternura y sus labios se acercaron a dos centímetros de los de él.

—Estás más ciega de lo que yo creía —dijo Souto.

Irune flotaba en ese momento en que no caben las palabras. Recibió un beso muy lejos de los que recordaba. Lo abrazó con la necesidad acumulada y se las ingenió para que la muleta cayera al suelo y el cojo quedara arropado por un apoyo más cálido. Así hubieran continuado todo el día si no les despertara el ruido del desayuno en la cocina de Socorro y Cecilio.

—Me adelanto a tu pregunta —tembló Irune—: Estoy segura de que deseo compartir mi vida contigo. No quería morirme sin decírtelo.

Souto seguía sostenido por ella.

—Los achuchones son una cosa y otra andar por las noches en la cama cuidando de no tocar carne muerta.

Irune cayó de rodillas y puso en marcha una operación que no traía pensada: mantuvo el brazo izquierdo levantado y firme para que Souto se apoyara en él y con el derecho le abrió el pantalón, lo echó para abajo hasta los pies y besó repetidamente y con veneración la sarmentosa extremidad encogida. Souto la puso en pie de un tirón de las ropas.

—¿Y yo?, ¿y yo? —exclamó—. ¡Esa carne es mía, esa mierda es mía y no quiero obligarte a mentirme que no te hace vomitar!

Ella acarició su mejilla susurrando:

—Pues a ver cómo salimos de esta, porque yo...

Souto quiso jugar limpio.

—Me han prometido un pasar decente para toda la vida.

—¿Quién?

—¿Quién iba a ser? Los de Madrid.

—¿Por tu cara bonita?

—Por decir que aquel gol lo metí con la mano.

—¿Y lo metiste?

—¿Importa?, ¿te importa? No, padre. Así debe ser para echar mano a esas cuatrocientas pesetas al mes.

—Tu madre así lo quiere. Ella me acaba de traer.

—Pues a bailar todos.

Irune se agachó para recoger la muleta y devolvérsela.

—Pero ya sabes que para estar a tu lado no necesito regalos de Madrid.

Souto pareció despertar de pronto y miró a Irune con otra cara.

—¿Qué es esto?, ¿qué coño pasa? ¡No quiero que un par de mujeres me cambien el día! ¡Dejadme en paz!

A las nueve de la mañana del miércoles Irune recuperó los breves y deseados encuentros con su novio tan brutalmente cercenados. Primero atendió en el portal a Socorro y devolvió la cacharra a la burra.

—Ahí está. —Cecilio le señaló el comedor.

Si Irune esperaba ver otra escena fue por un error de su lógica. Sí, allí estaba Souto, sentado en compañía de sus cromos y acabando un ensobre para volverse a ella y preguntar con extraña paciencia, lejano:

—Qué hay.

Las brumas de la noche le habían enturbiado más.

—Hay, que lo que estás haciendo es como agacharte para coger un mendrugo del suelo.

—Tengo el compromiso de acabar el trabajo. Es mi único compromiso.

No le dijo toda la verdad, suponiendo que fuera consciente de ella. Llevaba horas ensobrando a media velocidad, retrasando una entrega que aún ignoraba si sería la última. Los dedos de Irune se pusieron a juguetear con los papelines.

—Si me buscas no estoy ahí —dijo Souto.

—Pues Andrés tiene tu cromo en el último álbum —corrigió Irune.

—Pues ya estamos todos.

Ella habría deseado enfrentar sus rostros.

—¿Por qué dices que no estás si andas por aquí?

Preferirías no estar, lo sé, pero ya andas en cromos. Parece que te avergüenzas de lo que fuiste y no lo entiendo. El fútbol te trató primero bien y luego mal. Pero ahora es el fútbol quien te arreglará la vida.

Souto dejó sus manos muertas sobre la mesa.

—Eso es lo malo —dijo.

—¿Malo? ¿Malo ese bonito sueldo con el que podremos pedir al banco una hipoteca para el piso? —Souto reanudó el ensobrado—. Acaba pronto con esa peste y la llevas para que yo no la vea más.

No obtuvo de él otra cosa. Abandonó el comedor y en el pasillo tropezó con el padre.

—No puedes con él, ¿verdad? —preguntó Cecilio.

—¿Por qué no le dice usted que deje de humillarse con ese trabajo?

—Él lo quiere así. Siempre le dejo hacer.

—Pero usted es su padre y no está herido como él y sabrá lo que le conviene a su hijo. ¡Pídale que devuelva esos trastos y les diga adiós!

—El chico es cumplidor, se ha comprometido a...

Irune lo agarró por el jersey.

—¿No ve que les está tomando gusto a los cromos donde no está él?

Cecilio retiró con suavidad las manos. Leyó en los ojos de la muchacha la profundidad de su miedo y la compadeció con toda su alma.

—El chico no puede hacer otra cosa —dijo.

A pesar de no haber conseguido nada, Irune regresó al comedor con mejor ánimo. Quedó en silencio al costado de la silla viendo cómo manipulaba cromos y sobres.

—Es fácil, cualquier niño lo haría —dijo Souto.

—Se meterían en los bolsillos todos los cromos —sonrió ella.

Souto extrajo los documentos del bolsillo de su camisa y se los pasó sin mirarla. Las manos de Irune los tomaron como si quemaran, pues allí estaba la madre del cordero. Cualquier otro texto lo habría leído igual de despacio, pero aquel, además, lo leyó dos veces.

—Es como los contratos que se hacen sobre tierras, aunque el papel de este es mejor —expuso con cautela.

—¿Te has enterado bien de lo que dice? —preguntó Souto aún sin volver la cabeza.

De pronto el papel le pesó en las manos a Irune como plomo y lo dejó tapando los cromos.

—Sé leer —emitió con sequedad. Reunió por fin todas las piezas del pensamiento que venía sorteando, aunque la respuesta de Souto se adelantó a su pregunta:

—No dejo de darle vueltas. Estoy seguro de que tengo que saber lo que tengo que hacer pero no lo sé. Tienes el novio más tonto del mundo.

Escucharle lo de novio enterneció a Irune.

—Si firmas, todo el mundo sabrá que te importa un güito haber metido tu gran gol con la cabeza o con la mano. Pues que se vayan enterando.

—Si al menos lo supiera yo.

Irune se concentró en la frase:

—No se trata de fútbol sino de nosotros.

—Si es tan importante para los de Madrid será por algo. Al salirse con la suya, ellos ganarían y nosotros perderíamos. No me lo puedo quitar de la cabeza.

—¿Quiénes son nosotros? —exclamó Irune apoyando su mano abierta en la mejilla opuesta de Souto y volviendo su cara—. Si somos tú y yo te juro que no perderíamos... ¿Qué te pasa que no lo ves? —Y se inclinó para darle un suave beso en los labios.

Souto echó la silla atrás al levantarse y rodear con un brazo a Irune en lo que pareció un movimiento de apoyo. Pero no: el otro brazo completó una resuelta posesión de aquel cuerpo olvidado. Su largo y potente beso la dejó sin aliento.

—Llovió pero ya ha escampado. Voy contigo al reparto por si te quieren robar la leche.

Ni él mismo se conoció. Ella miró por la mesa buscando alguna botella vacía.

—No hace falta, no vengas si te cuesta mucho —dijo con poca voz temiendo quebrar algo.

—No me cuesta nada, soy un buen cojo —dijo Souto tomando la muleta del respaldo de la silla.

Irune lo siguió al pasillo hasta el umbral del dormitorio, desde donde lo vio sentado en la cama cambiarse las alpargatas por zapatos.

—Puedes entrar —oyó a Cecilio a su espalda.

—Nos vamos, me acompaña —le anunció con voz radiante.

—No ha desayunado —dijo Cecilio.

—Nadie se muere por saltarse una carga de leche con sopas.

—La muleta desgasta mucho.

—Yo le cuidaré —concluyó Irune—. Coge el chubasquero —pidió a un Souto que acababa de ponerse en pie.

Cecilio salió al balcón a ver cómo se alejaban delante de la burra. Nunca le había entristecido tanto el andar quebrado del hijo como ahora junto a la muchacha de pasos insultantemente afirmados, que hizo extensivos a los roqueños de la burra. «Él sabrá lo que se hace», pensó. «¿Y si no lo sabe?»

Fue su primera exposición en pareja ante el pueblo después del mancamiento. La mayoría se atrevió a vaticinar que si al cabo de tan dura interrupción volvían a pasear uno al lado del otro como en sus mejores tiempos, el amor de Souto Menaya por Irune se había impuesto a su fatalidad. Nadie barajó la posibilidad de que hubiera sido ella la desertora. Algunos quisquillosos plantearon la duda de si el novio demostraba quererla más uniéndose a ella o librándola de él. La contemplación de un Souto avanzando penosamente, arrastrándose más bien, multiplicó esa incertidumbre.

La expresión soleada de la muchacha tenía que haber desterrado toda sospecha. Llevando el ronzal, acomodaba el paso de la burra al del novio con una atención que conmovía. Las agoreras pronosticaron la irremediable fatiga del amor, las cereras exaltaron el triunfo del Bien sobre el Mal, aunque la mayoría del elemento femenino volvió a creer en el amor, y los hombres debatieron en las tabernas qué rebaja supondría hacerlo con una sola pierna y el estorbo de la otra.

—Mucha gente se para a saludarnos, ¿te molesta? —preguntó Irune.

—Les reparto alegría por no verse ellos cojos —dijo Souto.

Irune se palpaba por si la reciente felicidad reventaba sus costuras. «Lo nuestro debe ir a medio gas», pensaba escapándosele una sonrisa silenciosa. «Debe ir a menos de cien, debe quererme a menos de cien, pues si me quiere a cien se me va por no desgraciarme. Que me quiera a cincuenta y se me quede.»

—Ni tú ni yo estamos ya en la edad del pavo, no somos chiquillos —no resistió la tentación de trasmitirlo—. El amor es cosa buena pero en su sitio. Los hay que se suicidan por amor. Qué tontos. Y otros más tontos se quedan solos en este valle de lágrimas después de echarlo todo a rodar. Si quisieran lo justo no les ocurrirían estas cosas. —A medida que avanzaba en su discurso se le desplomaba la mano del ronzal—. No me quieras tú así, Souto. ¡No me quieras tanto!

Con el último desgarro Irune cruzó frente a la burra y hundió su rostro en el chubasquero, frenando la marcha de Souto.

—¿Qué haces?

La burra también se había detenido. Irune se apartó de Souto para mirarlo.

—Te advierto que hasta ahora solo conoces mi mejor cara, la que saco a la calle. Ya me verás la de puertas adentro para que me quieras menos.

La cabeza de Souto no estaba para sutilezas.

—Tú eres Irune la de Berroena —sentenció.

Irune acarició la muleta y la besó repetidas veces.

—No me quites el puesto, bonita —la amenazó.

Como la burra llevaba años deteniéndose y esperando ante la puerta de cada clienta mientras la lecherita servía, Souto sobraba allí. En una de estas pausas reconoció el lugar. Miró a la floristería y allí estaba, en el umbral, el muchacho rubio con la expresión atónita y un clavel en la mano. Souto giró sobre su muleta para caminar hacia él. El muchacho retrocedió hasta el fondo de su tienda.

—Tranquilo, no pasa nada —dijo Souto desde la puerta. Al dar el primer paso en el interior le pareció estar en la espesura multicolor más frondosa—. Acércate. —El muchacho le obedeció con cautela—. Tranquilo. Esto que llevo en la mano no es una escopeta.

—No —dijo el muchacho.

Quedaron a dos pasos el uno del otro.

—¿Para quién es esa flor? —preguntó Souto.

El muchacho precipitó el clavel en un bolsillo de su bata blanca.

—Para una chica —murmuró.

—¿Qué chica?

El muchacho se aclaró la garganta.

—La que pasa a diario con una burra y las cantimploras.

—Sabrás cómo se llama.

—Sí.

—Adelante.

—Irune.

—Una flor todos los días desde hace años.

—Sí, un clavel. No hago nada malo. Le gustan los claveles. —El muchacho pudo sorprender la fugaz ausencia del ex futbolista—. ¿No sabías que le gustan los claveles?

—Y a ti te gusta ella... No, no me cabreo. La gente habla, se encuentra.

El muchacho se relajó una vez se hubo cerciorado de la calmosa actitud de aquel novio.

—¿Quieres sentarte? —preguntó sacando del minúsculo mostrador una banqueta con un forro floreado. Al sentarse, Souto comprendió que lo necesitaba y que el muchacho era de los que saben pensar en los demás.

—¿Qué tal te va el negocio? —preguntó.

—Tirando.

—¿Da para vivir dos personas?

—¿Dos personas? Yo vivo solo.

—¿Daría para vivir dos personas?

—Sí.

—¿Dónde vives solo?

—En la avenida de Larragoiti. Un segundo piso.

—¿De tu propiedad?

El muchacho respiró tres o cuatro veces con hondura antes de contestar.

—Sí. No sé por qué quieres saber...

—Calla. ¿Tienes alguna enfermedad?

—¿Enfermedad? No me molestan tus preguntas, pero...

—¿Tienes alguna enfermedad?

—No, que yo sepa.

Souto lo miró durante un tiempo que al otro le pareció eterno.

—¿Te ves casado?

—¿Casado? Todo el mundo se casa, pero ha de ser con la chica que...

—Claro, con la chica que... —Souto se apoyó en la muleta para ponerse en pie—. Bueno, ahora te compro un clavel y me largo.

El muchacho se sintió de nuevo en su tienda.

—¿Solo uno? Lucen mejor en ramillete.

—Solo uno —dijo Souto mirando al techo.

El muchacho rescató del bolsillo de su bata el clavel anterior, lo sopló, lo atusó y finalmente lo exhibió.

—Es un hermoso clavel, elijo todos los días el mejor. Te lo regalo.

Souto movió enérgicamente la cabeza.

—No, no. Ese no. Otro.

—Jamás sirvo mercancía averiada... Es un clavel sin estrenar...

—¡Otro!

El muchacho lo depositó en una repisa, cogió unas tijeras y cuidadosamente cercenó otro tallo.

—¿Es este de tu gusto? —preguntó, mostrándoselo.

—Que no me entere que eres de los que no se casan.

El muchacho envolvió el clavel en un tenue papel componiendo un cucurucho. Souto lo tomó y dio la vuelta sin ni siquiera un gruñido de despedida. Irune acababa de regresar a la burra. Souto le tendió la ofrenda mirando a todas partes menos a ella. Cuando Irune descubrió el contenido del envoltorio no se atrevió a pensar lo que más le habría gustado pensar.

El jueves de aquella semana Irune no se presentó sola donde los Menaya. Cuando Socorro tomó escaleras arriba con el puchero lleno, la lecherita la siguió arrastrando a su hermano Andrés, que se había negado momentos antes a emprender en solitario la ruta de la escalera.

—Vamos, sube. Ahora me voy pero vuelvo enseguida. —El chaval se refugió en su espalda—. ¿Qué te pasa? ¿Crees que te va a comer?

Subieron los dos. Cecilio recibía aquellos días a la novia con una cordialidad controlada. «Si no fuera tan buena chica le cerraría la puerta con cualquier excusa, ya se me ocurriría algo. Pero no debo meter baza. Dejo el asunto en manos de la Virgen de Begoña y ella sabrá. No se me ocurre otra persona más del Athletic.» Era la primera vez en su vida que se sumaba a los devotos de la Amatxo.

—¿Quién es este buen mozo? —preguntó jovialmente.

—Mi hermano Andrés. Tengo hora con el médico a las doce, y si no es mucha molestia para ustedes tenérmelo hasta que yo acabe... Ya ha desayunado. —Y antes de que le preguntaran Irune añadió—: Asma.

—Déjalo y nos haremos amigos —exclamó Cecilio—. Lo sentaré en una ventana abierta al sur para que le dé aire seco... Él está ahí —y le señaló, como de costumbre, el comedor. No le dio buena espina el clavel que llevaba cruzado en un ojal de su blusa. Allí vio a Souto ensobrando cromos con una lentitud que pudo advertir incluso ella. Había dormido solo media noche aireada por el buen recuerdo del clavel, detalle nunca visto en su novio. Lo que la llevó a preguntarse para qué pisó la floristería. No, evidentemente, a propinarle un puñetazo. Tampoco a comprar ese clavel. Quedaba el toma y daca entre gallos. Irune escucharía de Souto una versión desdibujada. Pero lo inequívoco y maravilloso era la realidad del clavel.

Le dio un beso en la mejilla y de nuevo fue incapaz de morderse la lengua:

—¿Cuándo acabas con todo esto de una vez?

La enlutada expresión de Souto hizo que se llamara tonta, subrayándolo debidamente: «Soy una *memela*».

—Escucha —y le señaló el clavel—. Es el regalo que más deseaba recibir de ti. He dormido con él.

—A veces hago algo bien —dijo Souto.

A Irune le bastaba para conmoverse cualquier sonido que no se alejara mucho del clavel.

—Tú haces todo bien —le aseguró con otro beso.

Al salir para continuar con el reparto, en aquel hogar habitualmente silencioso sonaban las perplejas palabras de un viejo dirigiéndose a un niño. Hacía más de dos décadas que Cecilio no practicaba una comunicación así, aunque la expresión del pequeño no le correspondía. Andrés volvía de continuo la cabeza buscando a otra persona.

—¿Cuántos años tienes, chavalín? —le preguntó Cecilio.

—Siete —musitó Andrés mecánicamente.

Cecilio trató de recordar inútilmente qué palabras, cuentos o consejos transmitía a su Souto de siete años. «Es distinto», pensó. «Este no es mi hijo, ni siquiera mi nieto. Estoy en otro tiempo, somos de dos sangres, buenas sangres, pero una aceite y otra agua.» De pronto se acordó del fútbol, que tanto le unió a Souto desde que le llevaba de la mano a San Mamés. «Fue mucho antes de sus siete años, los hijos aprenden a andar mucho antes.» A fin de atrapar la atención del que tenía delante se propuso hablarle de fútbol. Y al recordar, por Irune, que el pequeño llenaba de cromos de futbolistas un álbum tras otro, creyó estar en el buen camino. Incluso apoyó sus dos manos en los tiernos hombros y pronunció la palabra Athletic adobada con algunas más. Aunque no consiguió nada, al menos sabía la razón. «Cecilio, ¿cuándo has podido explicarte a ti mismo con palabras qué es el Athletic? Nunca. ¡Nunca! Ni siquiera en las pausas del retrete. Es algo que se siente y se acabó. Que a este chaval le entre en

200

su cuerpo por los agujeros, como a nosotros dos. ¿Hay en su familia algún hombre que le lleve a San Mamés? No, padre. Pues a tomar por el culo.» En medio de su fracaso preguntó al niño qué miraba tanto.

—Nada —musitó Andrés.

—¡Ya está! —exclamó Cecilio—. Anda, criatura, vete donde el gran Souto de los cromos a ver si se te pega algo.

Se retiró de puntillas a desayunar. Andrés tardó un par de minutos en dar el primer paso hacia el comedor y quedó clavado en su umbral. Contempló fascinado el origen de los cromos que compraba en la calle al caramelero y se dejó mecer por la primera pureza que recibía del mundo. Tampoco advirtió la lentitud de aquellas manos. Si se atreviera, estaba a su alcance tocar al delantero centro del Athletic que alborotaba sus deberes de la escuela y cuyo nombre se colaba al recitar a los reyes godos. Lo miraba con tanta fijeza que no le cabía que no lo sintiera.

—Qué haces ahí. —El cuerpo de Andrés tembló. No pudo hablar—. No me gusta que me miren tontos como tú. Estoy en mi casa y me estás molestando. Que no te vea más.

Por fortuna, Andrés pudo refugiarse en que por fin le sabía allí a pesar de que aún no había vuelto la cabeza. Pero la voz del delantero centro de los cromos le clavaba en el sitio:

—Te conozco, eres el que hace la estatua en la calle mirando esta casa. No lo hagas más, me pone malo. Líate a pedradas con los de otro barrio, caza pájaros con liga, haz trampas a los güitos, haz piras para ver películas de vaqueros... No quiero que mires mi casa y no quiero que me mires a mí... ¡La hostia, lárgate, no soy un cromo!

Era imposible que Andrés echara a correr porque no le llegaban las palabras, su significado, solo la voz, la música de arpa.

—Ven, acércate. —Ahora la voz era suave y poseía un contenido familiar, pero Andrés tampoco se movió—. Todos estos papelotes no son más que mentiras, y entre ellos ya no está la mayor mentira: Souto Menaya.

Derribó a manotazos los montoncitos y sus manos se hundieron en un mar de cromos. Y entonces Andrés se movió, metió la mano en un bolsillo de su pantalón corto, sacó algo y vaciló sobre qué hacer con ello. Con el siguiente impulso únicamente salvó la mitad del camino a la mesa. Aunque Souto no le miraba, él sentía sus ojos abiertos. Levantó el brazo para lanzar su pequeño tesoro de cromos, que se desparramaron por la mesa. Cuando Souto se inclinó a mirar estaba seguro de lo que veía. Allí tenía de nuevo al jodido Souto Menaya. Frenó la precipitada huida de Andrés.

—¡Recoge esta mierda y tírala al *chichiposo* de tu caserío!

Andrés obedeció y para ello tuvo que rozar el borde de la mesa con su cuerpo. Sus deditos temblaban al ir apoderándose con delicadeza de sus nueve cromos iguales.

—Tíralos por la Galea. Que no quede ni uno. Quémalos. Al menos, cámbialos.

La de Andrés no fue una respuesta sino una declaración de principios.

—No.

Le espantó su propia voz mientras retrocedía a la puerta caminando de espaldas. De la mesa le llegó un ronquido:

—¿Es que nadie quiere los míos?

Andrés habría callado de no contar con una frase ya compuesta en su mundo de la calle:

—Todos me dicen ¿tienes a Souto Menaya?, ¿tienes a Souto Menaya? No paran de decírmelo.

Lloraba, pero la niebla de sus ojos apenas enturbió la escena que habría querido no ver. Souto se levantó con violencia y nadie sabrá si quiso agarrar su muleta pero agarró la silla y en un par de trompicones agarró con su mano libre la pechera del pequeño jersey rojo de los domingos. A los pies de ambos cayeron los nueve cromos.

—¡Y tú, guardándome como a un dios! ¡Imbécil! —Aniñó su voz para mofarse—: ¿Tienes a Souto Menaya?, ¿tienes a Souto Menaya?... ¡Tócame, soy de carne, como tú!

El chaval fue rescatado por Cecilio tirando de él hacia el pasillo.

—Hacerle esto a un pobre crío —protestó, llevándoselo a la cocina.

El viernes a Irune se le hizo un nudo en la garganta al encontrar de nuevo a Souto embebido en sus cromos. Al darle un beso tardó en despegar sus labios de aquella carne apagada que esperó encender con esa transfusión de amor.

Cecilio la condujo del brazo a la cocina y le señaló con el dedo el calendario de la Caja de Ahorros colgado en la pared. Irune miró sin ver nada especial.

—Fíjate bien —dijo Cecilio.

La lecherita insistió y entonces pudo ver en la casilla de un domingo el trazo a lápiz de una cruz roja sobre el número rojo. Se volvió al hombre del que últimamente recelaba sin explicarse por qué.

—Ella nos anuncia comida especial el domingo —dijo Cecilio.

—¿Socorro? —exclamó Irune. Se volvió para verla vigilar el cocimiento de la leche.

—Esa mujer siempre encuentra el modo de hablarnos. No es la primera vez que nos pone pregones en el calendario. Os invita a ti y a tu hermanito.

—¿Cómo sabe usted también esto?

—Fíjate en esas dos rayitas hacia abajo que caen de la cruz.

—Pueden ser dos fallos del lápiz.

—Mi mujer tiene mejor pulso que el campeón de tiro.

Irune clavó sus ojos en los del hombre.

—¿Y qué celebraríamos?

La sonrisa de Cecilio se desvaneció.

—Seguro que no es porque el Madrid juega el domingo en San Mamés... Una madre siempre quiere lo que cree mejor para su hijo y a ti, chica, te quiere para Souto. Han llegado por el aire noticias buenas para ella. También para ti.

—¿Y para usted?

Cecilio se encrespó.

—Yo también quiero lo mejor para mi hijo, ¿qué te crees? Le piden que diga que lo metió con la mano. Es un ataque cobarde contra mi pobre Souto.

El ruido que oyeron a sus espaldas fue la caída del hierro de la chapa contra las baldosas.

—Usted no puede querer eso —pronunció Irune sin dar crédito a lo que oía.

—Yo quiero lo que quiera Souto —esgrimió Cecilio.

Irune huyó al pasillo y él la siguió.

—¡Es solo fútbol! —exclamó la lecherita volviéndose—. Los hombres de esta tierra están locos. Es imposible que mi Souto piense como ellos.

Entró por segunda vez en el comedor y se acercó al costado de la silla, rozando con la mano el hombro de Souto.

—Hoy, tu reparto al garete —le llegó de inmediato. Su novio incluso sonreía.

—Trabajas mucho —exhaló una Irune desconcertada.

—Hay que hacer —dijo Souto de nuevo ensimismado.

—Es lo que decimos siempre aquí y suena a castigo divino, pero tú podrías dejar todo esto con solo levantarte de la silla.

Ante el asombro de Irune Souto se puso en pie apoyando sus manos en la mesa. Acercó su rostro al de ella y la besó en la boca.

—Te quiero —dijo, volviendo a sentarse—. Tú no tienes la culpa.

—¿Quién tiene la culpa, pues? —exclamó Irune.

—No lo sé. Lo único que sé es que te quiero.

—La culpa es de que me quieras tanto y por eso me apartas de ti. No lo niegues, tú mismo me lo dijiste. —El obsesivo convencimiento de que así era la meció en una insoportable calma—. Buena perra te ha dado con ese chuchu de los cromitos. —Y antes de que Souto concluyera su giro de cabeza para objetar algo, añadió—: Ya está bien por hoy de juramentos de amor. Que no te oiga nunca más soltarme ese mustio te quiero.

En la puerta la recogió Cecilio.

—Está pensando —le anunció.

—¿Eh?

—Se siente bien entre esos cromos porque así piensa mejor. Lleva días pensando como un monje. Que no le estalle la cabeza.

Irune se volvió a medias a mirarle y se despedazó por sentirse tan atada de pies y manos en aquel hogar que parecía de locos.

El sábado, en su reparto mañanero, la lecherita subió al piso en su empecinado noviazgo y encontró aún cerrada la puerta del comedor. Estuvo a punto de llamar con los nudillos pero empuñó el picaporte y abrió. Tardó en convencerse de que la mueca de Souto era una sonrisa. Se inclinó para plantarle un beso de exploración en los labios.

—A lo mejor no has dormido esta noche en la cama —tanteó.

—¿Dónde, si no? Verás las mantas revueltas —dijo Souto.

—Te creo, aunque parece que te han clavado a la silla... ¿Estás bien, te duele algo?

—El culo.

Ahora la sonrisa de Souto cubrió su cara e Irune se asombró de su propia temeridad al proponerle:

—Esta tarde, a las seis.

Y aguardó sin respirar. Era su perdida hora mágica de los sábados y domingos.

—Me has quitado las palabras de la boca —dijo Souto con naturalidad.

A Irune le temblaron las piernas. Le acarició el pelo despeinado.

—Pero no vayas a buscarme, yo vendré.

—No. Los novios deben ir a sacar a pasear a la novia.

Una sospecha ensombreció el rostro de Irune. «Quiere que le vean desde Berroena. ¿Por qué? Anda hecho un lío, unas veces me enseña unas cartas y con el cambio de luna otras. Su cabeza es una grillera. Cecilio me dice que piensa mucho... O quiere que los míos le vean como un novio aprovechable a pesar de la muleta o como un cachivache al que agradecerán su espantada.»

—Bien, pues a las seis —suspiró—. Si cambias de opinión me mandas una paloma.

Irune le aplicó otro beso de adiós.

Le gente de Berroena aguardó con expectación el momento de tener al alcance de la vista a Souto. Eran escasos en Getxo los que habían tenido el privilegio de cruzarse con él en la calle. No estaban entre ellos los de Berroena, aunque disponían de un miembro de la familia para tener información directa, si bien tergiversada por el amor. Menos fiable era el pequeño Andrés, cegado por aquel que salía en los cromos. Irune introdujo un cambio en las viejas costumbres: antes de la aparición del novio en los límites de las heredades del caserío fue ella quien salió a esperarle. Los Berroyarza, apostados tras los cristales, temieron que un lisiado como él la haría esperar hasta la noche. Pero Souto llegó a los tres minutos, justo cuando daban las seis en las campanas de San Baskardo. Reconocieron que el cojo no había abusado de su cojera para retrasarse. Les asaltó la curiosidad por ver si la ponía del lado de la muleta o del otro, y cruzaron apuestas. A lo largo de su noviazgo Souto nunca había tenido una preferencia, con él no iba lo de las señoras a la derecha. Ahora sí la tuvo: colocó a Irune a su izquierda, lo más lejos de su pata colgante.

Al principio de la marcha hubo un desajuste entre

el oscilante caminar de Souto con su muleta y el firme de Irune. En su último paseo tuvieron entre ambos el colchón de la burra que ahora les faltaba. A Irune le costó Dios y ayuda no romper la penosa mudez con recomendaciones que se le ocurrían, y así aprendió cómo habría de ser su futuro con este hombre, pues los andares de ambos llegaron por sí mismos a una conciliación cuando la muleta se erigió en batuta de una armoniosa orquesta con sus golpes rítmicos contra el suelo. Irune tomó este ajuste final por una premonición esperanzadora y Souto por un nuevo enredo del destino.

—¿Te importa que la gente piense que no abrimos la boca porque vamos reñidos? —preguntó ella.

—No —respondió Souto.

—A mí tampoco.

Se estaban jugando el futuro y no cabían niñerías. También coincidieron en la ruta sin ni siquiera un gesto. Solo cuando se asomaron a la playa desde lo alto de la Galea Irune se detuvo y lo miró.

—Siempre hemos bajado por aquí, ¿por qué no hoy? —dijo Souto.

Hoy era una carretera de cascajo descendiendo hacia la playa. En los primeros pasos Irune ofreció su apoyo pero él la apartó.

—Es una tontería que quieras hacerte el machote. ¿Es que me has traído para demostrarme que puedes valerte por ti mismo ahora y para siempre? Ojalá.

—Calla, mujer, calla —dijo Souto tanteando firmezas en el suelo—. Además, tú me has traído.

—Nos hemos traído los dos, tuvimos la misma idea. ¿No lo recuerdas?

Souto no lo recordaba, Irune se lo leyó en la cara. Se compadeció de él, como tantas veces. «Anda dando tumbos, quiere salvarme sin hacerme daño, o no mucho. Es una forma de amor. A lo mejor es verdad que es lo único que puede darme.» Pero no quiso compadecerse todavía.

Vigiló muy de cerca el descenso de Souto tratando de adelantarse a la muleta, señalando con el dedo los mejores apoyos. Fue la primera vez que abominó de las numerosas pendientes de Algorta, muchas mal adoquinadas. Al llegar abajo Souto respiró varias veces por la boca y enfiló hacia las ruinas del viejo fuerte. Irune se enterneció pensando que, cualesquiera que fuesen los propósitos de su novio, al menos aquellas piedras areniscas siempre fueron el prólogo en sus paseos antes de hundirse en las sombras de la playa. No faltaba mucho para que la oscuridad completara el escenario ideal para las parejas.

Se acodaron en silencio en un muro truncado.

—Por aquí andaba yo de chaval a pedradas con los del Puerto Viejo y pescando en las bajamares —dijo Souto sabiendo que ya se lo había contado alguna vez. Pero el momento era distinto.

—Ya —corroboró Irune con una risa triste—. Aunque a esta misma hora de los sábados y domingos me hablabas de la hermosura de la playa, de su silencio y de sus ruidos, de que siempre merecía la pena bajar hasta aquí para sentirla.

—¿Eso te decía? No me acuerdo —aseguró Souto.

—Claro, me hablabas de colorines cuando solo pensabas en arrastrarme a los tamarises. —Souto perdió quizá la última ocasión que iba a tener para siquiera sonreírse—. Yo también he bajado muchas veces a esta playa a coger zaborra con la familia, oír las olas y recibir la brisa, pero nunca lo sacaba aquellas noches para disimular a qué veníamos.

—Todo lo bueno pasa —dijo Souto.

Irune se le enfrentó con un giro juvenil.

—¡Y lo malo también! ¡Esto de ahora también! ¡Esto malo de ahora también! Te ha caído toda la peor suerte del mundo y has perdido el norte. Déjame ayudarte a recuperar lo bueno. El tiempo está con nosotros, no hagas nada hasta que acabe de pasar.

—A mí no me queda tiempo. Caería muy bajo como hombre si me uniera a ti. Seríamos dos cojos. Así están las cosas y no se hable más de ello.

—Creí que estábamos aquí para hablar. —Primero Irune rozó la mano caída a su lado y luego la tomó—. Tengo arrestos para salir adelante junto a un hombre tan niño como tú. Estás cojo, ¿y qué? Antes tampoco íbamos a la plaza a bailar. El caso es que el fútbol te mancó y el fútbol viene en tu ayuda.

Soltó la mano al recordar que se había jurado no mencionar jamás ese tema. Le asombró el valor de Souto al confesarle:

—No puedo hacerlo. ¿Sabes lo que me piden? —y repitió con más calor—: ¿Sabes lo que me piden a cambio?

—Me habló tu padre de ese recadero que te vino de Madrid. Entrada para un piso y un buen sueldo para toda la vida. Tú y yo corriendo a la iglesia... Te pido que no firmes ahora. Espera. Te lo digo porque ahora no quieres firmar. Cambiarás de idea con el tiempo.

Souto volvió a su muleta para alejarse unos pasos y tomar asiento en una piedra. Apareció de pronto en lo que fuera entrada al fuerte una pareja muy apretada entre sombras, que dio la vuelta al encontrar ocupado el nido. Irune se movió para acercarse.

—Mejor que no me distraigas —le frenó Souto—. Quiero saber lo que pienso.

Irune levantó la vista a un cielo sin Luna y sin estrellas y se sintió más sola. Le llegaba el lánguido deslizamiento de la mar, las olas muertas postrándose en la orilla enviándole un adelanto de derrota final. Esperó. Esperó hasta que su lengua pareció moverse sola.

—Yo te diré lo que piensas: que tu Athletic es lo primero. Algunas tienen la suerte de que las dejan por otra mujer más joven.

Souto ya creía estar acorazado contra ella cuando la tenía cerca.

—No es eso. Escucha: qué diría la gente si medio hombre como yo se arrimase a las faldas de una mujer entera como tú para que le sostenga. ¿Cómo hacerte comprender que ya no soy el de antes y que tengo mi orgullo?

—Tú no eres medio hombre, eres el Souto Menaya al que quiero —exclamó Irune.

Souto se puso en pie para decirle sombríamente:

—Eso ya se acabó.

—Las cosas no se acaban solas, alguien las empuja.

Souto alojó la muleta en su sobaco para poner sus dos manos en los hombros de ella.

—Mírame a los ojos, mujer. No solo tengo orgullo sino también miedo. Firmo ese papel y nos casamos, aquí está la trampa. En ese piso no solo me rompería yo sino tú también y en la primera noche. Eres de carne. Tocarías algo que antes se llamaba carne y estaba viva...

Irune silenció su boca con un beso.

—Nos casaremos sin esa firma.

A Souto le llevó no menos de dos minutos reunir toda su desesperación para proponerle:

—Bajemos ya a los tamarises.

La tomó de la mano y tiró, arrastrándola unos pasos.

—¡Déjame! —gritó Irune alborotando la noche—. ¿Estás loco?

—¡Miedo! ¡Lo sabía! ¿Tú eres la que se iba a comer el mundo? —Uno y otra respiraban a borbotones—. Quiero que pruebes el asco que ibas a sentir.

—No es modo de hacer las cosas. Tú te lo dices todo.

—El mejor modo de hacer las cosas es haciéndolas.

—Yo no hago nada con un loco. ¡Y si al menos lo quisieras de verdad...!

—Tendrías que vérmela —dijo Souto. Como no acertaba a subirse la pernera del pantalón, se lo soltó de la cintura, y habría caído de no encontrar el obstáculo de la propia pierna doblada. Lo arrastró hacia abajo tirando con ambas manos—. Mira bien este rastrojo. Tócalo si no lo ves. —Le cogió una mano, que Irune no pudo liberar, y presionó con ella su rodilla, instante en que Irune dejó de resistirse para enfrentarse a lo que no temía—. Carne seca, cartón, mojama, hueso podrido debajo. Todavía le llaman pierna pero es rama seca. Y de arriba abajo, no solo la rodilla. Se me encoge más y más. Le clavo alfileres y cada vez hay más cacho muerto. Esto encontrarías cada noche bajo las sábanas.

—Suéltame la mano —exigió Irune. Souto se la soltó. La mano no se retiró de la rodilla—. Es suave y también la quiero.

—Es lo que diría una monjita de la caridad. ¿Quién te ha enseñado a ser tan buena novia? Pero las monjas no se acuestan con sus inválidos. —Irune empezó a subirle los pantalones hasta ajustárselos a la cintura con el cinturón.

—Regresemos si ya te has quedado tranquilo —concluyó sencillamente.

—¡Miedo! —repitió Souto rechazando su apoyo y eligiendo la muleta—. ¡Miedo! Tapa toda la mierda, monjita, sí, para no vomitar.

Irune se vació en un profundo suspiro de resignación, pensando «¿qué puedo hacer contigo?», pero le preguntó:

—¿Qué hizo el Athletic el domingo?

Se adueñó de toda la expresión asombrada de Souto.

—Ganó cero a uno.

—¿Fuera?

—Sí, fuera.

—Qué bien.

Irune acompañó a casa a un hombre vapuleado por el viejo recuerdo.

Amaneció un domingo mustio. Cecilio no vio ni oyó regresar a su hijo la víspera y no se atrevió a alegrarse al encontrarlo por la mañana en el comedor ensobrando cromos. Desde muy temprano recorría la casa un vendaval silencioso que se metía por todos los rincones anunciando novedades. Primero fue la gallina matada, desplumada y limpia sobre una fuente de cristal que solo aparecía en los cumpleaños. Cuando la lecherita vertió las tres medidas en el puchero, devolvió la cacharra a la burra, subió y recorrió el pasillo para saber de Souto, Socorro puso en sus manos un gran mantel blanco desplegado y así la condujo al comedor plantándola ante la mesa. Souto no habría necesitado de la sonrisa de Irune para entender, pues allí estaba su pícara expresión transmitiéndole: «No me mires, yo no he sido». Observó Cecilio desde la puerta la concienzuda operación de su hijo de ir metiendo en la caja de cartón los chismes que retiraba de la mesa hasta dejarla desnuda, y entonces Irune, con una incontenible emoción en sus labios, la cubrió con suavidad y equilibrando finalmente los flecos colgantes. Al percibir la confusa impresión de que Socorro se detenía ante ella al dejar el comedor, miró sus ojos para cruzar sus miradas por primera vez, pero no hubo respuesta. En compensación fue Souto el que la miraba. Salvó la esquina de la mesa que le separaba de él para rodearle los hombros con su brazo y vivir otro beso en sus labios.

—Antes me dabas más miedo que ahora —dijo—. ¿Cómo voy a tener miedo de un novio tan bonito como tú? —Acarició la muleta acostada en la silla—. Quiero mucho a este palo. Si yo fuera la coja, ¿no querrías también a mi muleta?

Souto calló. Hasta entonces la muleta había tenido un solo dueño, un solo significado, y de repente tenía dos. Eran dos muletas, tan distintas como la noche y el día. Se negó a digerir el descubrimiento y se parapetó en el orgullo más infantil.

—¡Pero el cojo soy yo! —exclamó.

Irune besó por segunda vez aquellos labios que habían pronunciado el juramento de amor más solapado y que la sostendría en el futuro. Ni siquiera percibió a Cecilio cuando la despidió en la puerta de la casa con un sonoro: «¡Buen reparto y hasta la hora de comer!».

Cecilio entró en el comedor con una frase ya elaborada que sopló en la oreja de su hijo:

—Estas dos mujeres están aconchabadas contra nosotros. Pero tú, tranquilo. Ellas te han dado vacación. ¿Qué piensas hacer esta mañana? —Estaba acostumbrado a los silencios del hijo. Rodeó su silla para agacharse junto a la caja de cartón en el suelo. Se cercioró de que estaba bien cerrada y concluyó arrastrándola por el suelo hasta el rincón más distante de la puerta—. Si no la ven a lo mejor no la queman.

Visitó un rato la huerta y a su regreso encontró a Souto de pie ante los cristales cerrados del balcón y sin muleta, manteniendo el equilibrio agarrado a un herraje. El espectáculo de la colgante pierna abandonada de la muleta volvió a estallar ante sus ojos como un despojo de sarmiento encostrado. Fue incapaz de hacerse notar hasta pasado un rato:

—¿Hay moros en la calle?

Era la alarmante pregunta con la que asustaba al pequeño Souto en algún momento semejante del pasado. Cecilio se preguntó molesto si los años le estaban reblandeciendo el coco. Cogió la muleta de la silla y se la llevó. Souto se alejó del balcón con ella.

—Hoy juega el Madrid en San Mamés y allá me voy —anunció Cecilio recobrándose.

Souto se paró para volverse.

—La última vez fue hace meses, creí que ya habías dejado eso.

—Sabes bien que eso lo dejaré del todo cuando me metan en la caja. Y tú deberías acompañarme alguna vez para que no te apolilles aquí dentro. En el campo la gente me pregunta por ti... Y por si lo has olvidado, te recuerdo que hay un bonito tren hasta Deusto y luego un rato a pata. Por el pasillo andas más cada día... ¿Qué me dices, hijo? —Lo detuvo un momento antes de que desapareciera. Era aquel un tema tabú, la respuesta de Souto sería el silencio, pero compraba segundos para comprobar de una reojada si los dos papeles continuaban en el bolsillo izquierdo de aquella camisa a cuadros—. Ya no hablamos nunca de cuando te llevaba de la mano los domingos a ver al Athletic. —Cecilio se asombró de la quietud de su hijo. Se animó a continuar—. ¿Lo recuerdas? No he vuelto a tenerte tan cerca. ¿Se puede olvidar una cosa así? Yo no he olvidado aquellos domingos. No, no los he olvidado. —Sí, allí estaban los documentos, los reconoció por su inconfundible color amarillo. Había confiado en no verlos nunca más, pero allí seguían. ¿Por qué?—. Lo pasábamos en grande, hijo. Me hacías muchas preguntas. Que por qué Unamuno metía tantos goles con la cabeza, por qué Chirri jugaba mejor cuando se le caían las medias, por qué a San Mamés se le llamaba San Mamés... Luego creciste y todo cambió. ¿En qué año cambió? Me lo pregunto por las noches y nunca...

En el instante en que Souto reanudó su marcha por el pasillo el padre enmudeció ante la mirada rota que no se atrevió a reconocer por si solo era un delirio de viejo. «En esta casa acabaremos todos mudos porque las costumbres malas se contagian sin remedio.» Se sentó en la silla del hijo y cerró los ojos para interpretar sin tropiezos esa mirada. Como le dieran las once en esa búsqueda sin caer en el desánimo, pensó que no siempre son precisas las palabras para llegar a los adentros, que su pobre muchacho estaba saliendo del pozo y le faltaba un pelo para mandar a la mierda a esos *ganorabakos* de Madrid que ofrecen el oro y el moro a la gente del Athletic para que digan una puta mentira y deshonrarnos. Pensó que a ninguno de los del Athletic se le ocurriría meter un gol con la mano para ganar un campeonato. ¡El Athletic no sería el Athletic! Con la moral alta decidió salir a La Venta a calentar el partido de la tarde. «No hemos desayunado», recordó al pasar ante la cocina y ver en la mesa los tazones intactos, ya sin humear, de él y de su hijo. «Me alegro, a nosotros nadie nos manda. A esta mujer se le han subido los humos y quiere llevarnos a su terreno.» También pasó de largo ante el dormitorio cerrado de Souto. «El chico sabe pensar. Ahora amarrará su gran gol y los mandará a tomar por el culo.»

Irune Berroyarza la de Berroena regresó donde los Menaya a eso de las doce, con tiempo más que sobrado para ayudar a Socorro en la cocina y demás tareas, como la delicada de organizar una mesa para los miembros de dos familias en su incierto trance de emparentar. Traía a su hermanito Andrés. Confiaba más en la rotunda actitud de Socorro que en sus propias esperanzas. Ella le abrió la puerta y no pareció fijarse en su nuevo vestido de batista ni en su chaqueta de perlé; tampoco en el brillo de su rostro, consecuencia del prometedor acontecimiento que había impulsado. La siguió a la cocina donde, no supo cómo, se sintió dirigida hacia la leche en una jarra, el vaso con miel, el pan y el montón de nueces por partir que vio sobre la mesa. «Tenemos *intxaursaltsa*», pensó. Por si quedaba alguna duda sobre su misión, había un cascanueces situado estratégicamente. Se quitó la chaqueta y, al salir al pasillo para colgarla en mejor sitio, tropezó con el olvidado Andrés.

—¿Qué hago contigo hasta la hora de comer? —se preguntó Irune. Advirtió la mirada precisa del pequeño—. No me digas que sabes cómo no aburrirte. —Andrés afirmó con la cabeza—. Pero no te manches la ropa.

Regresó a la cocina con la necesidad incrementada de extraer de aquella máscara alguna otra noticia buena de su interior. «Me ha traído para celebrar algo. ¿Qué sabe ella que yo no sé? No importa, es cosa de gustarme. Una madre sabe cómo limpiar de zaborra la cabeza de un hijo.» Feliz con este pensamiento cascó las nueces y luego avivó todos sus sentidos para atender las nuevas indicaciones de aquella increíble mujer.

Andrés tardó segundos en localizar la gran caja de los cromos en la esquina del comedor, no muy lejos de donde la dejó Souto la víspera al verse invadido por el mantel de Irune. El niño abrió las tapas y se quedó extasiado ante el mundo de rostros anhelados que apareció bajo sus ojos. Primero hundió las manos para bañarse en ellos y, una vez despierto del empacho, se afanó en localizar el único cromo verdaderamente especial, el de sus ensueños. Empezó por la cabecera de cada taco y no vio en ninguna a Souto Menaya. Continuó desesperado tomando con sus dedines, uno a uno, los revueltos cromos del fondo de la caja procedentes de los tacos que perdieron su faja. Fracaso. Andrés no sabía qué pensar. Sentado en el suelo mordiéndose los labios, empezó a creer a sus malpensados compañeros cuando juraban que los hombres que fabricaban los cromos retiraban los más famosos para que los álbumes jamás se completaran. De pronto le quemó una esperanzadora sospecha: ¿y si en los montoncitos no se repetía el cromo de encima sino que debajo había de todos? ¿A quién querían engañar? Era difícil entender a los mayores. Regresó a la caja con renovada ilusión y destripó todos los tacos desgarrando sus fajas y pasando cada cromo ante el control de sus ojos. No cazó ni una sola mentira, todos eran el mismo cromo de la cabecera y Souto Menaya no aparecía por ninguna parte. «Nos tienen rabia a los de Getxo», se consoló.

En la cocina, el asombro de su hermana iba en aumento al comprobar que traducía a la perfección todas las indicaciones de Socorro, aunque seguía sin descubrir cómo le llegaban. Comprendió la sinceridad de las confidencias que le solía hacer Souto sobre los mudos apaños de la madre para conseguir una convivencia familiar. Desconcertada por los últimos vaivenes de Souto, se le ocurrió pensar: «El secreto de la vida a lo mejor está en hablar con cuentagotas. A ver si puedo».

A la una, Socorro amortiguó el fuego e Irune se preguntó la razón hasta que le vio sacar una hermosa paellera, ponerla en la chapa a medio calor y verter en ella cuatro dedales de aceite, que seguía siendo artículo de oro, de una botella extraída de su escondite en las entrañas del armario. Cuando el aceite empezó a chisporrotear esparció los trozos de gallina y, al tiempo que los revolvía engrasando la carne amarilla, se hizo a un lado. Irune entendió a la primera y ocupó el espacio para picar cebollas, zanahorias y pimientos rojos y verdes. Al coger el salero oyó dos patadas de Socorro contra los bajos de la chapa y se apresuró a dejarlo para que ella rociara los ingredientes con su punto. La mujer eligió igualmente las cantidades justas de agua y arroz, dos partes y media por una. Durante unos minutos Irune no se movió contemplando embelesada el barboteo que estaba de su parte. Y todo, movido por aquella mujer que no metía ruido. Se volvió: descansaba en una banqueta. Irune quiso arrodillarse a sus pies en el momento en que imaginó eran sus lágrimas las que le impedían verla, aunque solo era ya la banqueta vacía. Salió al pasillo y la rastreó de modo infalible hasta el comedor y la descubrió alejándose de las puertas acristaladas recién abiertas de un viejo aparador. A punto de llegarse a Souto, porque allí lo vio, se contuvo para asistir a la nueva sorpresa. Ocupaba su silla habitual de trabajo, ahora vuelta hacia un Andrés que, sentado en el suelo, no apartaba sus ojos de él. Se miraban con tanta intensidad que Irune temió que estuvieran hechizados y cruzó entre los dos haciendo aspavientos con los brazos. No la vieron. Tampoco la oyeron cuando tosió con fuerza varias veces.

—Os vais a gastar con la mirada —les dijo.

Le asombró que su propia voz le sonara inoportuna. Descruzó sin ruido la línea del suelo que unía a los dos, y mecida por el otro silencio, el de las puertas abiertas del aparador marcando atender la mesa, se puso a sacar la vajilla, cinco juegos floreados, relucientes y apenas tocados desde la boda de los mayores de aquel hogar, y a distribuirla con delicada emoción incluyendo cubiertos y servilletas. Hizo viajes a la cocina para completarla con vasos y una jarra de agua del grifo. De propia iniciativa subió de la huerta un lucido ramo de geranios rojos y blancos, que puso en un florero en el centro de la mesa. Al término de su actividad se acercó por fin a Souto para ver si le embargaba la misma excitación que a ella. Lo encontró sumido en el mismo diálogo mudo con Andrés. Comprendió a este, atontado frente a su héroe del Athletic, ¿pero qué veía su novio en el enano? «Mirando a un chiquillo a los mayores nos suele dar por recordar nuestra infancia. En fin.» En el futuro, Irune Berroyarza jamás pudo vanagloriarse de su acertado dictamen por ignorar lo cerca que había estado de la verdad.

A las dos menos cuarto regresó Cecilio con una botella de vino sin etiqueta comprada al Ermo de La Venta.

—¡He apostado a que le ganamos al Madrid por dos goles! —exclamó plantando la botella junto al florero de los geranios. Sus ojos chispeantes tenían color de vino.

La llegada del hombre de la casa marcó el comienzo de la celebración.

—Chicos, a la mesa —ordenó Irune explotando la ocasión, y tanto Souto como Andrés se levantaron. Hubo un preámbulo que habló por sí solo: en un principio los cinco comensales buscaron su silla pero ni siquiera Cecilio se apoderó de una. Irune y Andrés, los invitados, se limitaron a acariciar unos respaldos, esperando. Los de la casa echaron en falta la simplicidad de sus puestos fijos en la mesa de la cocina. Sin embargo, el primero en romper la incertidumbre fue Cecilio. Se limitó a desplomarse en la silla más próxima, exclamando:

—Esta guapa chica a mi derecha y el chaval a mi izquierda, que luego le diré algo que le pondrá alegre. Y Souto junto al chaval.

La quinta silla, entre Irune y Souto, sería para Socorro. Pero cuando esperaban su entrada triunfal con la paella, apareció sola, tomó a Irune y a Souto de los brazos y los sentó juntos, de modo que Cecilio no pudo sentarse a continuación de la chica porque allí la mujer clavó a Andrés. Las dos sillas restantes no necesitaron asignación especial. A Irune le costó esconder su felicidad viendo que Socorro marcaba el mejor de los destinos. Aunque no pudo evitar que se le mojaran otra vez los ojos cuando la matriarca descargó varias veces en su plato el cucharón de la paella y a continuación en el de Souto. Irune se sintió ya en la iglesia. Cecilio estaba en otra cosa y no interpretó la profundidad de la escena; estaba nada menos que susurrando al pequeño Andrés que se lo iba a llevar al fútbol. También le oyó Irune.

—Nunca ha ido —protestó sin perder aún la expresión de felicidad.

—Pues ya es hora de que pise San Mamés —aseguró Cecilio con solemnidad.

Irune lo echó a broma de su futuro suegro por no romper el hechizo.

—Es la mejor paella que he comido en mi vida —transmitió a Souto—. Tu ama es un cielo... ¿No dices nada?

—Ella es así —arrastró Souto masticando por inercia—. ¿Qué años tienes? —No había mirado a nadie ni suspendido los viajes de su cuchara, pero todos supieron que se dirigía a Andresito.

—Siete —se oyó como una tenue vibración del aire.

—Los mismos que tú tenías —dijo Cecilio entre dos eructos.

—Claro que alguna vez los tendría, no iba a pasar del seis al ocho saltándose el siete —rió Irune.

—Para entonces ya me lo había llevado muchas veces —añadió Cecilio royendo un muslo que sostenía con los dedos.

225

—Sí —apenas se oyó a Souto.

Irune se volvió a él.

—¿Qué has dicho?

Pero Souto no lo repitió.

Saborearon la *intxaursaltsa* y rumiaron las castañas y Cecilio se puso en pie al apurar el último vaso.

—¡En marcha o nos perderemos el primer gol! —exclamó tocando la cabeza de Andrés.

—Es muy pequeño para ir —protestó de nuevo Irune al ver que iba en serio.

El propio Cecilio retiró la silla de Andrés y lo empujó hacia el pasillo.

—Estaremos de vuelta antes de que acabéis el chismorreo de sobremesa —dijo.

Irune fue detrás de los dos, aunque solo para ver cómo Cecilio se echaba encima una chaqueta, se calaba la boina y desaparecía por la puerta empujando al pequeño. Regresó a la mesa algo confusa y muy preocupada por lo que dirían sus padres de aquella especie de rapto.

El único que se levantó del grupo sentado de tres fue Souto. Abrió las hojas del balcón, salió, se apoyó en la barandilla y pronto vio a su padre con la mano del niño dentro de la suya y hablándole. No le llegaba la voz pero sabía de qué le hablaba. Los vio desaparecer en la curva que llevaba a la estación.

De nuevo sentado a la mesa, extrajo del bolsillo de su camisa a cuadros los dos papeles amarillos, los desdobló y los dejó abiertos sobre el plato de postre con grumos marrones de la *intxaursaltsa*. Entre sus dedos

226

apareció una caja de cerillas. No prendió ninguna de las únicas tres que contenía. Húmedas. La única responsable del silencio que reinaba en la mesa era Irune, la única que podía romperlo. Pero no pudo. Se limitaba a mover la cabeza con el asombro abierto en la boca. Alguien tenía que romper aquella parálisis tras el fracaso de la tercera cerilla, y fue la madre. Se levantó para traer algo de la cocina y entregó al hijo otra caja de cerillas para apoyar su voluntad. Irune quiso creer que, al menos, los malditos papeles amarillos no dejarían cenizas, pero al verlas en el platillo las sintió como suyas.